별을 지키는 아이들

별을 지키는 아이들

김태호 장편소설

라임

차 례

막무가내 턱수염

태양이 떠오르자 어둠은 땅 밑으로 조용히 스며들었다. 일곱 번째 밤을 버티었다. 오달고는 축 늘어진 귀로 몸을 덮어 보았지만 별 도움이 되지 못했다. 밤새 칼바람이 털을 비집고 들어왔고, 아스팔트 바닥의 찬 기운은 바늘처럼 뼛속을 찔러 대었다. 웅크린 몸 안으로 주둥이를 밀어 넣고서야 약간의 온기를 느낄 수 있었다. 오달고는 검정 구두가 곧 다시 돌아올 거라 믿었다. 그래서 이곳, 이차선 도로를 떠날 수 없었다.

따스한 가을 햇살에 오달고의 몸이 나른하게 녹아내렸다. 며칠째 제대로 못 잔 잠이 한꺼번에 밀려왔다. 버티어 보지만 고개는 자꾸만 떨어져 내렸다.

부우웅, 차가 다가왔다. 검정 구두가 타던 흰색 차였다. 오달고는 껑충 뛰어올랐다. 꼬리를 세차게 흔들며 차 앞으로 달려들었다. 끼익! 차는 휘청거리더니 빠르게 멀어져 갔다. 검정 구두가 아니었다. 오달고의 꼬리가 다리 사이로 말려 들어갔다. 천천히 전봇대 밑으로 돌아와 쓰러지듯 주저앉았다. 눈꺼풀은 이제 달라붙어 떨어질 생각도 하지 않았다.

"파닥, 푸드덕!"

낯선 소리에 오달고의 귀가 꿈틀거렸다. 푸덕 소리가 다시 들려왔다. 오달고는 다리 사이에 묻었던 고개를 들었다. 물고기였다. 도로 한가운데에 물고기라니! 좀 전에 흰 차가 떨어트리고 간 걸까? 물고기는 배지느러미로 땅을 밀쳐 내며 제자리에서 뛰어올랐다.

꼬르륵, 며칠을 굶은 오달고의 배가 요동쳤다. 입에선 침이 흘러내렸다. 조심스럽게 몸을 일으켜 물고기를 향해 다가갔다. 한 번에 낚아챌 수 있는 거리까지 가서 몸을 바짝 웅크렸다. 물고기가 뛰어올랐다가 땅에 내려앉는 순간, 달려들었다. 도로 위의 물고기쯤이야! 생각했는데 그렇지 않았다. 물고기는 가볍게 오달고를 피하더니 풀숲으로 뛰어 들어갔다.

오달고는 고개를 푸르르 흔들었다. 정신을 차리고 물고기를 쫓아 풀숲에 코를 박았다. 억새가 우거진 뒤쪽에서 비린내가 진하게 풍겨 왔다. 오달고는 뛰어오르기 위해 몸을 바짝 웅크렸다.

쿵, 쿵, 쿵! 갑자기 땅이 울렸다. 오달고 몸도 저절로 튕겨 올랐다. 억새 뒤쪽에서 커다란 무언가가 쏜살같이 다가왔다. 이내 시커먼 그림자가 오달고 바로 위로 떠올랐다. 코끼리만큼 커다란 물고기가 그대로 덮쳐 왔다. "깨앵!" 물고기가 오달고를 품에 꽉 안았다. 몸을 비틀어 대었지만 덩치에 눌려 꼼짝할 수 없었다.

"잡았다!"

굵직한 사람 목소리에 오달고 눈이 번쩍 뜨였다. 그 사람의 짧고 굵은 턱수염이 몸을 찔러 댔다. 턱수염의 몸엔 비린내가 가득했다.

"깨애앵 애앵!"

오달고는 네발로 허공을 차 대며 저항했다. 턱수염은 막무가내로 오달고를 안아 들고 길가에 세워진 트럭으로 데려갔다. 트럭 짐칸은 낡은 회색빛 천막으로 가려져 있었다. 천막이 벌어진 틈으로 통나무 도마에 놓여 있는 칼이 보였다. 도끼처럼 두툼한 몸에 날카로운 칼날이 번뜩였다. 도마 위에 얼룩진 핏자국이 보였고, 잘린 생선 머리와 핏물에 뒤섞인 내장들이 나뒹굴었다. 피 냄새와 비린내가 뒤섞여 천막 밖으로 밀려 나왔다. 오달고의 몸이 바짝 움츠러들었다.

턱수염은 오달고를 운전석으로 데려갔다. 보조석에는 굵은 줄이 매여 있었다. 줄 끝에 개들 목에 채우는 낡은 가죽띠가 보였다. 의자 위에 개털이 떨어져 있는 걸로 봐서 다른 개가 묶여 있었던 것 같았다. 턱수염은 오달고를 그 목줄에 단단히 묶은 뒤 차에 시동을 걸었다.

'안 돼. 여기서 기다려야 한다고!'

오달고는 뒤늦게 몸을 튕겨 보았지만, 굵은 목줄에 묶여 버둥거릴 뿐이었다. 한동안 줄과 실랑이를 하다 제풀에 지쳐 조용해지고 말았다. 턱수염은 그러든 말든 눈길 한 번 안 주고 운전만 계속했다.

해가 기울어 온기를 잃어 갈 때쯤, 트럭은 아파트 단지에 자리를 잡고 멈춰 섰다. 트럭에 달린 스피커를 통해 시끄러운 소리가 퍼져 나갔다.

"파다닥 생선이 왔습니다. 파닥파닥 신선한 생선이 왔어요."

턱수염은 생선 장수였다. 오후 내내 아파트 단지를 돌며 생선을 팔고 다녔다. 생선 장수가 생선이나 팔지, 개는 왜 잡아가는지 알 수 없었다.

밤이 되어서야 장사를 마치고 트럭은 또 어딘가로 향했다. 한참 만에 도로를 빠져나와 좁은 시멘트 길로 들어섰다. 차창으로 추수가 끝난 논들이 보였다. 논 뒤로 보이는 산 너머에는 이곳과 전혀 어울리지 않는 아파트가 밝은 빛을 뽐내고 서 있었다.

낮은 산 하나 정도는 금방 자르고 밀어내어 아파트를 세웠다. 구불구불 논길을 따라 외진 곳에 들어와도 산 너머로 아파트가 보이는 이유였다. 길가로 뻗은 나뭇가지들이 차창을 스치듯 지나갔다. 오달고는 조금 열린 창문 틈에 대고 코를 벌렁거렸다. 기회를 봐서 도망치려면 밖의 냄새를 잘 기억해야만 했다.

트럭이 숲길을 빠져나오자 차 한 대 돌릴 만한 공터가 나왔다. 공터를 품은 집 한 채가 오달고의 눈에 들어왔다. 허름한 나무 대문 한쪽에는 삿갓 모양의 모자를 눌러쓴 전구가 삐딱하게 매달려 누르스름한 빛을 깜박였다. 집은 얼기설기 엮인 나무 널빤지로 빙 둘러져 음침해 보였다.

턱수염은 오달고를 차에서 끌어 내렸다. 내리지 않으려고 버텼지만 억센 힘을 당해 낼 수 없었다. 나무 담 안쪽에서 개들의 똥오줌이 뒤섞인 냄새가 밀려왔다. 끄응, 오달고는 본능적으로 느껴지는 두려움에 온몸을 달달 떨었다.

쾅쾅쾅! 턱수염이 나무 대문을 부서져라 세차게 두드렸다. 오달고는 깜짝 놀라 찔끔! 오줌을 지리고 말았다.

별똥별

“할매요, 문 좀 엽시다.”

턱수염이 대문을 두드리자 기다렸다는 듯 개들이 짖기 시작했다.

“왈왈 왈!”

“컹 커엉!”

“왕왕!”

개들의 목소리는 점점 커졌다. 한두 마리가 아니었다. 소리는 꼬리에 꼬리를 물더니, 엄청난 수의 개들이 한꺼번에 짖어 대었다. 오달고는 찔끔거리던 오줌을 아예 싸 버리고 말았다. 턱수염의 옷이 진하게 물들어 가고, 흡수되지 못한 오줌 방울은 옷 주름을 타고 흘러내렸다.

"이 자식이."

목소리에 짜증이 묻어났다. 오줌을 쌀 때마다 무섭게 변하던 검정 구두의 목소리와 겹쳐졌다. 오달고는 꼬리를 다리 사이에 슬그머니 집어넣었다.

끼이익, 소란한 틈에 대문이 열리고 머리가 희끗한 할머니가 얼굴을 내밀었다. 광대뼈는 튀어나오고 볼살은 쏙 들어간 깡마른 얼굴이었다. 다리를 절뚝이며 불편한 걸음으로 다가왔다. 키는 초등학생처럼 작았다. 할머니는 얼굴을 빼꼼히 치켜들고 오달고를 쳐다보았다. 무표정하던 할머니의 얼굴에 환한 미소가 번졌다.

"할매, 늦게 죄송혀요. 이 녀석이 며칠째 길가에 쪼그려 있기에 그냥 두기 뭐해서."

턱수염이 오달고를 할머니에게 내밀었다.

"어어어."

무슨 말인지 알 수 없는 어눌한 말과 함께 할머니는 고개를 끄덕였다. 고맙다는 말 같았다. 할머니는 오달고를 두 팔로 감싸 안아 들었다.

"아이, 그 자식 많이도 쌌다."

턱수염이 옷을 털며 투덜거렸다. 하지만 할머니는 아무렇지도 않은 듯 오달고를 더 가슴 깊이 안았다.

오달고는 몸을 살짝 비틀어 보았다. 턱수염의 품은 억세기도 했지만, 너무 높아서 빠져나올 생각도 할 수 없었다. 하지만 할머니는 달랐다. 적당한 기회를 봐서 한 번에 힘을 쓰면 도망칠 수 있을 것 같았다. 눈에 힘을 주고 주위를 살폈다. 도망치려면 어느 쪽으로 뛰어야 할지 미리 챙겨 보았다.

할머니는 아예 땅바닥에 주저앉아 오달고를 무릎 위에 올렸다. 그러고는 떨고 있는 오달고의 몸을 두 손으로 부드럽게 쓰다듬어 주었다. 머리에서 시작해 엉덩이까지 미끄러지듯 스치는 따뜻한 손길이 왠지 싫지 않았다. 잔뜩 힘을 주고 있던 눈이 이상하게 스르르 풀렸다.

"와, 완전 달덩이네. 뭔 별똥별이 저리 크대?"

갑자기 턱수염이 하늘을 가리키며 소리쳤다. 오달고는 감기던 눈을 번쩍 뜨고 하늘을 올려다봤다. 정말 밝고 커다란 별똥별이었다. 예전에 검정 구두와 함께 보았던 적이 있다. 그때는 검푸른 하늘에 실처럼 작은 것이 잠깐 번쩍이다 사라졌다. 지금은 뛰어오르면 꼬리를 물 수 있을 것처럼 가까웠다. 별은 떨어지기 싫은 듯 까만 하늘에 길게 하얀 발톱 자국을 남겼다.

"할매, 우리 얼른 소원 빕시다."

턱수염은 두 손을 모아 이마에 대고 눈을 감았다. 커다란 덩치에 어울리지 않는 모습이었다. 할머니는 입을 벌린 채 멍하니 하늘만 쳐다보았다. 오달고는 눈을 감고 소원을 빌기엔 아까운 풍경이라고 생각했다. 하지만 별똥별보다 더 보고 싶은 것이 있었다. 소원이 이루어진다면……. 오달고도 살며시 눈을 감았다.

'다시 검정 구두를 만나게 해 주세요. 가족을 찾게 해 주세요.'

아무리 멋진 별똥별이라고 해도 가족만큼 보고 싶진 않았다. 오달고에게는 가족이라고 해 봐야 검정 구두 하나뿐이다.

"요 녀석이 뭔가 행운을 가져다줄 것 같은데요."

기도를 끝낸 턱수염이 활짝 웃으며 오달고와 눈을 맞추었다. 오달고는 고개를 돌려 버렸다.

"할매, 개만 자꾸 데려와서 죄송, 죄송. 도울 수 있는 건 사료 몇 포대밖에 없네요. 잘 부탁혀요."

턱수염은 트럭 짐칸 한쪽에 쌓아 놓은 사료 포대를 꺼내 집 안으로 옮겼다.

트럭은 오달고를 남겨 두고 돌아갔다. 트럭 꽁무니의 붉은빛이 숲길 속으로 사라지도록 할머니는 손을 흔들고 서 있었다.

할머니 품에 안겨 들어선 마당은 제법 널찍했지만 빈 곳이 없었다. 마당을 가득 채운 것은 모두 개집이었다. 개집 사이로 난 좁은 통로가 마당을 가로질렀다. 통로 양쪽으로 각목을 박고 철망을 둘러 널빤지로 지붕을 삼은 개들의 우리가 늘어서 있었다. 우리마다 대여섯 마리의 개들이 보였다. 할머니가 오달고를 안고 통로를 지나가자 개들은 철망에 매달려 시끄럽게 짖어 대었다. 통로 끝은 집 현관이었다. 현관 계단 옆에는 검은 개 한 마리가 방석 위에 누워서 눈만 껌벅이고 있었다. 다른 개들과는 달리 자유롭게 풀어져 있었다.

"으으응."

할머니는 검은 개 눈앞에 오달고를 바짝 대 주었다.

"알았어. 할머니, 우리가 잘 돌봐 줄게."

검은 개는 천천히 몸을 일으켜 꼬리를 흔들었다. 온몸이 검은 털로 덮인 개의 양쪽 눈 바로 위에는 연한 갈색 점이 두 개 나 있었다. 군데군데 털이 빠져 맨살이 드러난 데다, 다리는 둥글게 휘어져 있었다. 한쪽 눈동자까지 희뿌옇게 변해 버린 작고 늙은 개였다.

"개놈아, 뭘 봐! 늙은 개 처음 봐?"

검은 개는 오달고를 보고 대뜸 호통을 쳤다. 동작은 굼떴지만 목소리만큼은 쩌렁쩌렁 울렸다.

"나는 호박씨다. 할머니 가족이 되었으니 주는 대로 먹고, 아무 데나 싸 대지 말고. 알았어?"

할머니 가족? 방금 만났는데 무슨 가족? 오달고는 눈만 깜박거렸다. 호박씨는 얼굴의 연한 갈색 점을 위아래로 꿈틀거렸다. 이름이 왜 호박씨인지 알 수 있을 것 같았다. 호박씨는 오달고의 엉덩이 쪽에 코를 박고 냄새를 맡았다. 오달고가 으르렁대며 몸을 비틀었다.

"커우우우 아웅!"

현관 바로 옆 우리에 있던 늑대개가 커다란 주둥이를 높이 들고 울어 대자, 시끄럽던 마당이 조금씩 조용해졌다. 회색빛 털로 덮인 우람한 덩치에서 남다른 위압감이 느껴졌다. 하지만 그 느낌은 그리 오래가지 않았다.

"안녕? 난 캔그레이트맥스장군이야."

늑대개는 오달고와 눈이 마주치자 긴 꼬리를 펄럭펄럭 흔들었다. 혀를 길게 내밀고 헤헤거리며 웃는 모습이 꼭 강아지 같았다.

"이름이 좀 길지만 금방 외울 거야. 앞으로 매일 자기소개를 할 테니까."

호박씨가 알 수 없는 말을 했지만, 오달고는 어차피 별 관심이 없었다.

"근데 네 이름은 뭐냐?"

호박씨가 물었다. 오달고는 아무 대답 없이 고개를 돌려 버렸다.

낯선 개들 따위와 이름을 나누고 싶지는 않았다.

“네 입으로 말할 날이 금방 올 거다.”

호박씨는 볼일을 다 보았다는 듯 다시 바닥에 철퍼덕 누웠다. 그제야 기다리고 서 있던 할머니가 현관문을 열고 집 안으로 들어섰다. 방이라고 사정이 나을 건 하나도 없었다. 좁은 방마다 문은 다 열려 있었고 고양이와 강아지, 그리고 아픈 개들이 각자 방을 차지하고 있었다. 방에서 쉴 만한 곳은 높이 올려진 할머니 침대뿐이었다.

할머니는 오달고를 침대 한쪽에 내려놓고 이불로 감싸 주었다. 오달고는 여전히 부들부들 떨고 있었다. 할머니가 머리를 쓰다듬어 주며 오달고와 눈을 맞추었다. 으르릉, 이빨을 드러내며 오달고가 때늦은 경계를 보였지만, 할머니는 말없이 미소만 지을 뿐이었다. 할머니의 부드러운 눈길은 오달고의 긴장을 조금씩 풀어 주었다. 둘은 침대 위에 나란히 앉았다. 할머니는 바닥에 닿지 않는 다리를 앞뒤로 흔들어 댈 뿐, 말없이 같은 곳을 멍하니 바라보았다.

한참을 그렇게 앉아 있던 할머니의 고개가 갑자기 아래로 뚝 떨어져 내렸다. 꾸벅거리던 할머니는 어느새 옆으로 쓰러져 코를 골아 대었다. 오달고도 졸음이 몰려왔다. 머리와 몸을 세차게 흔들어 자꾸 내려앉는 눈꺼풀에 힘을 주었다.

"다시 돌아가야 해."

오달고는 몸을 일으켜 이불 밖으로 나가려 했지만, 다리가 말을 듣지 않았다. 따뜻한 이불 속에 몸이 달라붙은 것 같았다. 흔들리던 고개가 이불 위로 떨어져 내렸다. 새로 온 식구가 궁금한 강아지들이 짖어 대는 소리와 침대 위 코 고는 소리로 방 안이 요란해졌다.

한숨이

며칠 동안 잠을 못 잔 탓일까? 오달고는 잠깐 눈을 감았다 떴다고 생각했는데, 벌써 아침이었다. 오달고는 앞발을 내밀고 발가락을 쫙 펴면서 엉덩이를 높이 치켜들었다. 나른했던 몸이 조금 풀리는 것 같았다.

그제야 침대 모서리에 서서 방 안을 자세히 둘러보았다. 작고 어린 개들이 이곳저곳에 잠들었거나 돌아다니고 있었다. 지난밤 소동이 꿈이 아니었다. 몇몇 강아지들은 침대 아래에서 오달고를 올려다보며 꼬리를 흔들어 대었다. 크르릉, 오달고는 괜한 으름장으로 강아지들을 쫓아냈다.

방문은 활짝 열려 있었지만 강아지들이 밖으로 나가지 못하게 문 앞에 나무판을 세워 놓았다. 나무판 너머로 마당이 보였다. 개들의 우리 사이로 난 통로 끝에는 대문도 활짝 열려 있었다. 오달고는 대문 밖 숲길을 뚫어져라 바라보았다. 그 길을 따라 내려가면 왔던 곳으로 다시 돌아갈 수 있을 것 같았다.

갑자기 담 너머가 소란스러워졌다. 먼지를 일으키며 들어선 차가 멈춰 서더니 안에서 사람들이 내렸다. 현관 앞에 누워 있던 호박씨가 얼굴을 들고 밖을 살폈다.

"저놈이 또 왔네."

호박씨는 대문 앞에 서성대는 사람을 보며 짖어 대었다. 그리 달갑지 않은 손님이었다. 잘 빗어 넘긴 머리에 금테 안경을 쓰고 손에 휴대폰을 든 사람은 축산과 공무원 '한숨이'였다. 한숨이는 구겨진 점퍼를 아래로 당겨 펴고는 헛기침을 하며 대문 앞에서 머뭇거렸다. 한숨이가 왔다 가기만 하면 할머니는 긴 한숨을 내쉬며 잠들지 못했다. 오늘은 더군다나 혼자가 아니었다. 팔짱을 낀 아줌마 두 명이 불만 가득한 표정으로 할머니 집을 노려보았다.

"어유! 개 냄새."

커다란 챙이 달린 모자를 쓴 아줌마가 코를 막고 얼굴을 찌푸렸다.

"어휴, 사람 냄새."

호박씨는 코를 팽! 풀었다. 아줌마에게서 만만치 않은 독한 향수 냄새가 났기 때문이다. 푯푯, 코를 풀어도 쉽게 지워지지 않는 냄새였다.

"아파트에서 엎어지면 코 닿을 거리에 이게 뭔 일이래?"

마당을 가득 채운 개집들을 보며 고개를 절레절레 흔드는 아줌마도 있었다. 코가 유난이 길고 뾰족했다. 할머니 집은 논길을 따라 한참 올라오는 숲속에 있었지만, 뒤편 산 너머로 작년에 들어선 아파트가 보였다.

"할머니, 계세요?"

한숨이가 소리치자 봇물 터지듯 개들이 짖기 시작했다. 낯선 사람의 방문에 흥분한 개들은 쉽게 통제가 되지 않았다. 개집을 청소하고 있던 할머니가 마당으로 달려 나왔다. 할머니는 개들을 향해 조용하라며 입에 손가락을 가져다 대었다.

"할머니 말 좀 들어라."

호박씨의 말은 개들이 짖는 소리에 묻혀 들리지도 않았다.

"캔그레이트맥스장군아, 부탁해!"

멍하니 앉아 있던 캔그레이트맥스장군이는 자기 이름을 듣고 얼굴을 푸르르 털며 일어났다.

"커흥, 커엉컹컹!"

캔그레이트맥스장군이의 우렁찬 목소리에 개들은 하나둘 입을 다물었다.

“너희 때문에 할머니가 더 곤란하단 말이야.”

호박씨가 조용해진 개들에게 소리치며 할머니를 따라갔다.

대문이 열려 있었지만, 한숨이는 마당 안으로 들어서지 못하고 머뭇거리기만 했다. 늘 할머니 옆에 붙어 있는 호박씨를 보고 겁을 먹었기 때문이었다. 으르릉, 호박씨는 한숨이를 향해 몇 개 없는 이빨을 드러냈다. 쉬잇! 할머니가 호박씨를 안아 든 뒤에야 한숨이는 마당 안으로 들어왔다.

“할머니, 민원이 끊이질 않아요. 저쪽 아파트에서 시끄러워서 살 수가 없대요. 소음뿐 아니라 위생 관련 법안에 걸리지 않는 게 없다니까요.”

한숨이가 산 너머 아파트를 가리키며 말했다.

“사람들이 들개 때문에 위험한 일도 있었고요. 가축이 개에게 피해를 당하는 경우도 자꾸 발생해서 지금 난리예요.”

한숨이는 휴대폰을 꺼내 뉴스 기사까지 보여 주었다. 할머니는 눈을 깜박이며 화면을 쳐다보다가 고개를 흔들어 대었다.

“계속 그렇게 모른다고만 하시면 안 돼요. 여기가 나라 땅인 건 아시죠? 아마도 곧 산을 다 없애는 개발 계획이 잡힐 거예요.”

“어어.”

할머니는 고개만 흔들 뿐이었다.

"사정은 알지만 저희도 어쩔 수 없어요."

한숨이는 옆에 서 있는 아줌마들의 눈치를 보며 말했다.

"할머니, 제가 동물 보호소와 연락은 취해 드릴게요. 그쪽으로 넘기면 이 개들은 어떡하든 도와주지 않겠어요?"

한숨이가 동물 보호소 안내문을 할머니 앞에 내밀었다.

"아거거."

할머니가 한숨이와 눈을 맞추며 눈물을 글썽였다. 한숨이는 눈길을 피해 괜히 하늘을 쳐다보았다.

"아무튼 어서 이사 가세요. 안 그러면 저희 아파트 부녀회에서 가만있지 않을 테니까요. 귀한 땅을 개판 만들고……."

한숨이가 쉴 새 없이 말을 쏘아 대는 아줌마를 차 쪽으로 밀었다.

"빨리 결정할수록 더 좋을 거예요, 할머니."

한숨이는 아줌마들을 차에 억지로 태웠다. 차는 뿌연 먼지를 일으키며 빠르게 멀어져 갔다. 왕왕! 호박씨는 차를 향해 목이 찢어져라 짖었다. 할머니는 호박씨를 꼭 안고 그대로 땅바닥에 주저앉았다.

가까이 신도시가 생기고 아파트가 높이 올라서더니 할머니 집 가족들도 순식간에 늘어났다. 식구들을 모두 데리고 이사를 갈 수도 없을 만큼 개들이 많아진 것이다. 마땅히 갈 만한 곳도 없었다. 혼자 감당하기엔 가족이 너무 많았다. 할머니는 품 안으로 더 깊이 파고드는 호박씨를 가슴에 꼭 안았다.

"할머니, 이사 갈 곳은 있어?"

"아니."

"그럼 돈은 있어?"

"아니."

"할머니 있는 게 뭐야?"

"호박씨도 있고, 우리 가족들이 있잖아."

탈출

오달고는 침대 위를 왔다 갔다 하며 어떡해야 할지 망설였다. 방문 너머로 밖이 보였다. 활짝 열린 대문 앞에는 할머니가 호박씨를 안고 멍하니 앉아 있었다. 침대에서 뛰어내린 다음, 현관 문턱에 세워진 나무판을 뛰어넘고, 대문을 지나 논길을 따라 내려가는 탈출 계획을 머릿속에 그렸다. 어떻게든 검정 구두와 헤어진 곳으로 돌아갈 생각이었다. 지금이 아니면 기회가 없을 것 같았다. 오달고는 얼굴을 털어 정신을 가다듬었다.

"그래, 가자."

오달고는 침대 끝 난간에 섰다. 잠깐 망설이다가 뒷다리를 힘껏 밀어 바닥으로 뛰어내렸다. 비닐 장판이 깔린 바닥이 미끄러워서 턱을 찧고 말았다. 한동안 얼얼해서 꿈쩍도 할 수 없었다. 방에 있던 다른 강아지들이 달려들어 냄새를 맡아 댔다. 오달고가 크르릉, 위협하자 강아지들은 깨갱거리며 물러났다. 앞다리에 힘을 주어 몸을 일으켰다. 문턱을 막고 있는 나무판은 그리 높아 보이지 않았다. 힘껏 뛰어올라 나무판을 딛고 가뿐히 넘었다.

"깨앵!"

나무판 너머는 계단이었다. 오달고는 벽돌을 올려 만든 두 칸 정도의 계단 밑으로 굴러떨어졌다. 온몸이 욱신거렸다. 그렇다고 그대로 누워 있을 수는 없었다. 고개를 번쩍 든 순간, 어느새 달려온 호박씨와 눈이 딱 마주쳤다. 호박씨는 갑작스런 상황에 놀라 눈만 껌벅일 뿐이었다. 오달고는 재빠른 동작으로 호박씨를 피해 대문을 향해 뛰었다. 우리 사이로 난 좁은 길을 달려 대문만 빠져나가면 이제 자유였다.

그 순간, 할머니가 두 팔을 벌리고 대문 앞을 막아섰다. 다리 사이로 통과했다고 생각했을 때, 할머니가 꼬리를 잡아챘다. 그 바람에 몸이 휙 돌아가 다시 마당을 향했다. 오달고 눈에 집 뒤의 산이 보였다. 어쩔 수 없이 뒷마당을 향해 뛰었다.

집 모퉁이를 돌자마자 눈앞에 철망이 쑤욱 다가왔다. 속도를 이기지 못하고 철망에 부딪혀 바닥을 한 바퀴 굴렀다. 오달고가 부딪힌 곳은 빈 닭장이었다. 닭장 안에 혼자 쪼그려 앉아 있던 진돗개 한 마리가 깜짝 놀라 왕왕 짖어 대었다. 오달고는 정신을 차릴 틈도 없이 뒷산으로 뛰었다. 산이 제법 가파른 데다가 수북이 쌓인 젖은 낙엽 때문에 자꾸만 발이 미끄러졌다. 헤엄치듯 잽싸게 발을 저어 언덕을 기어올랐다. 오달고는 누군가 따라올까 봐 겁을 먹고 산을 오르는 내내 오줌을 찔끔거렸다.

산길이 어느 정도 평탄해지고 나서야 달리기를 멈추었다. 언덕 밑으로 할머니 집이 보였다. 대문 앞에 있던 할머니가 어느새 뒷마당으로 쫓아왔다. 할머니는 내려오라고 손을 흔들어 대더니 불편한 걸음으로 오달고를 따라오기 시작했다. 그 옆에서 호박씨가 소리쳤다.

"야, 이놈아! 그쪽으로 가면 후회할걸. 얼른 내려와."

짧은 다리가 자꾸 낙엽에 미끄러져 호박씨는 제자리에서 버둥거렸다.

'빨리 가야 해. 검정 구두가 날 찾고 있을 거야.'

오달고는 낯선 곳이었지만, 작은 흔적이라도 찾기 위해 허공에다 코를 휘저었다. 턱수염의 냄새를 쫓는 것이었다. 숲속 한가운데서 비린내를 찾아내는 건 그리 어려운 일이 아니었다. 생선 냄새는 끊어질 듯 이어졌다. 오달고는 가느다란 냄새를 코끝에 새겼다.

떠나기 전에 집과 할머니를 다시 한 번 뒤돌아보았다. 할머니는 낙엽에 미끄러져 가며 힘겹게 언덕을 올라오고 있었다. 오달고는 고개를 돌렸다. 미련은 없었다. 그리 나쁜 곳은 아니었지만, 그렇다고 검정 구두와 함께 사는 집에 비할 바는 아니었다. 오달고는 생선 냄새를 쫓아 힘차게 뛰기 시작했다.

한참을 달리던 오달고의 콧속으로 낯선 냄새가 훅 밀고 들어왔다. 오달고는 그 자리에 우뚝 멈춰 섰다. 냄새는 뜨거운 열기처럼 숨을 차오르게 만들었다. 무게도 없는데 위에서 짓누르는 듯한 힘이 느껴졌다. 반쯤 구부려 들고 있던 오달고의 한쪽 다리가 떨려왔다.

"커르르릉."

걸걸한 목 울림소리가 들려왔다. 고개도 들지 못하고 조심스럽게 귀만 소리 나는 쪽으로 움찔거렸다. 소리만 들어도 무서운 상대란 걸 알 수 있었다.

오달고는 눈동자를 빠르게 굴렸다. 불과 몇 미터 떨어지지 않은 나무 뒤에서 뭔가가 이쪽을 노려보고 있었다. 커다란 덩치의 누런 개가 앞으로 한 발 걸어 나왔다. 한쪽 눈이 찢긴 상처로 하얗게 변해 있는 외눈박이 개였다. 뜯겨 나간 귀와 주름 잡힌 얼굴, 굵고 단단해 보이는 검은색 주둥이를 가진 도사견이었다. 푸르릇! 도사견이 얼굴을 털어 대자 두툼한 입술 사이로 하얀 침들이 길게 늘어져 사방으로 흩어졌다.

오달고의 꼬리가 떨고 있는 다리 사이로 말려 들어갔다. 오줌이 꼬리를 타고 줄줄 흘러내렸지만 느끼지도 못했다. 오달고는 왔던 길로 뒷걸음질쳤다. 한동안 도사견은 달려들지 않고 일정한 거리를 유지하며 따라왔다.

'어떻게 하지?'

할 수 있는 게 없었다. 도사견이 달려들면 꼼짝없이 잡아먹힐 게 분명했다. 침을 질질 흘리는 도사견은 그냥 경계를 하거나, 놀 수 있는 상대를 찾는 것 같지는 않았다. 오달고는 나무 사이로 언덕 아래를 바라보았다. 멀리 도로가 보이고 지나가는 차도 있었다.

'저기에 가면 사람을 만날지도 몰라. 사람들이 도와줄 거야.'

오달고에게는 그게 유일한 희망이었다. 경사가 급한 언덕이어서 먼저 뛰어내리면 도로에 더 빨리 닿을 수도 있을 것 같았다. 망설일 틈도 없이 재빨리 몸을 돌려 언덕 아래로 뛰었다. 낙엽과 함께 구르면서 정신없이 발을 움직였다.

언덕 아래에 닿을 때쯤 굴러떨어지는 속도가 확연히 줄었다. 오달고는 낙엽 더미 속에 얼굴을 박고 그 자리에 멈춰 섰다. 머뭇거릴 새도 없이 튕겨 일어나 얼굴에 붙은 낙엽들을 털어 내었다. 그

사이에 뭔가가 오달고 바로 옆으로 불쑥 다가왔다.

"카르르릉!"

제일 먼저 보인 것은 두툼한 발이었다. 눈앞에서 자신의 머리만 한 커다란 발을 보자 오달고는 차마 얼굴을 들 수가 없었다.

"흡흡."

뜨거운 콧김이 오달고의 머리 위로 쏟아져 내렸다. 얼른 분홍 배를 드러내며 몸을 뒤집었다. 도사견이 커다란 다리 한쪽을 오달고의 뱃살 위에 올리고 지그시 눌러 왔다. 몸이 경기를 일으키듯 툭툭 튀어 올랐다. 할 수 있는 거라곤 눈을 질끈 감는 일뿐이었다.

"어어어!"

그때 멀리서 낯익은 소리가 들려왔다. 할머니였다.

"푸훗 풋!"

할머니를 본 도사견이 세차게 얼굴을 흔들어 대었다. 끈적끈적한 침이 오달고의 얼굴로 마구 떨어져 내렸다. 도사견은 누르고 있던 발을 천천히 떼었다. 처벅처벅, 낙엽을 짓누르는 무거운 발걸음 소리가 빠르게 멀어졌다.

"어이어어."

오달고가 고개를 들었을 때, 이미 도사견은 사라지고 없었다. 멀리서 불편한 다리를 끌고 달려오는 할머니와 호박씨가 보였다. 할머니는 한 번도 쉬지 않고 달려와 어젯밤처럼 오달고를 품에 꼭 안아 주었다. 호박씨가 주위를 뱅뱅 돌며 멀어지는 도사견을 향해 컹컹 짖어 대었다.

'할머니, 저 또 오줌 쌌어요.'

오달고는 할머니 품 안에서 오줌에 젖은 뒷다리를 오므렸다. 할머니는 뭐가 고마운지 계속 고개를 끄덕였다.

"또 도망치면, 그때는 그냥 안 둘 거야."

호박씨가 숨을 헐떡이며 투덜거렸다.

돌아오는 길, 할머니가 다리를 절뚝일 때마다 오달고의 몸이 흔들렸다. 일정한 흔들거림은 안정감을 느끼게 해 주었다. 따뜻한 품에 안긴 채 긴장이 풀린 오달고는 꾸벅꾸벅 졸기 시작했다. 기절이라도 한 것처럼 금세 몸이 축 늘어졌다.

할머니 집

오달고는 허공에 대고 다리를 쉴 새 없이 저었다. 꿈속에서도 도사견에게 쫓겨 달아나고 있었다. 딱딱 소리에 놀라 눈을 떠 보니 다시 방이었다. 할머니가 바닥에 양은그릇을 부딪쳐 대었다. 오달고는 주위를 둘러보고는 안심하듯 깊은 숨을 쏟아 냈다. 양은그릇 안에는 갈색 밥 알갱이들이 가득했다. 달콤한 냄새가 코를 들쑤셨다. 세차게 머리를 흔들어 정신을 차렸다.

'안 먹을 테야.'

오달고는 콧김을 내뿜으며 고개를 돌렸다. 입술로 흘러내리는 침은 어쩔 수 없었다. 배 속은 꼬르륵 야단이 났다. 그릇을 바닥에 내려놓는 소리가 들려왔다. 할머니가 알갱이 하나를 집어 오달고

코앞에 가져다 대었다.

와그작! 누군가 할머니 손에 있던 밥알을 낚아채었다.

“할머니, 이 녀석은 밥 줄 필요도 없어. 눈 뜨자마자 도망쳐 버린 놈이라고.”

호박씨였다. 호박씨는 할머니 옆에 딱 버티고 앉아 밥알을 씹어 먹었다. 와작 오도독, 할머니가 내미는 밥알을 중간에서 계속 빼앗아 먹었다. 소리만으로도 배 속이 뒤집히고 침은 질질 흘러 바닥에 고였다.

와작! 또 뺏겼다. 크으르릉, 오달고가 고개를 들고 뾰족한 이빨을 드러내 보이자 호박씨가 주춤했다. 할머니가 다시 밥알을 내밀었다. 오달고는 재빨리 호박씨의 주둥이를 밀어내고 덥석 받아먹었다. 으깨진 알갱이에서 달달한 맛이 올라왔다. 와작! 다시 내민 것을 또 먹었다. 할머니는 오달고 앞에 그릇을 내려놓고는 일어서서 방을 나가 버렸다. 오달고는 그릇에 주둥이를 박고 밥알을 허겁지겁 씹었다.

“맛있어? 도망칠 땐 언제고 척척 잘도 받아 처먹나?”

오달고는 못 들은 척 무시하고, 바닥에 떨어진 밥알을 혀로 감싸서 입안에 넣었다.

“넌 포기도 참 빠르다. 어떤 녀석은 며칠 동안 아무것도 안 먹어.

인정하기 싫은 거야. 자기가 버려졌다는 걸."

"난 버려진 게 아니야."

오달고가 입안에 있던 밥알이 튀어나오도록 소리쳤다.

"뭐, 아무래도 상관없어. 근데 이건 기억해 둬. 이 집에서 다시는 도망치지 마."

"내가 도망가든 말든 네가 뭔 상관인데?"

오달고가 꼬리를 낮추어 흔들며 으르렁거렸다. 호박씨가 움찔거리며 뒤로 물러났다. 기세가 오른 오달고는 다리를 물듯 달려들었다. 놀란 호박씨가 뒤로 껑충 뛰었다.

"위아래도 없는 놈!"

일정한 거리를 두고 앉아서 호박씨가 말했다.

"도망가서 독구나 다시 만나라."

"독구?"

누구를 말하는지 금방 알아챘다. 숲에서 만난 도사견의 서슬 퍼런 외눈이 떠올랐다. 온몸의 털이 한꺼번에 일어섰다.

"너 같은 거 독구를 만나서 어찌 되든 난 아무 관심 없어. 너 땜에 할머니가 가파른 산을 오르고, 언덕을 구르는 게 싫을 뿐이야."

"그게 왜 내 탓이야?"

"일단 이 집에 들어왔으면, 넌 이제 우리 식구야. 할머니 가족이란 말이야. 할머닌 가족을 절대 포기하지 않거든."

오달고는 머리를 흔들어 대고는 호박씨를 노려보았다.

"가족 같은 소리 하네. 난 여기에서 겨우 하루 있었을 뿐이거든."

오달고는 방 한쪽 구석으로 가서 몸을 동그랗게 말고 누웠다. 가족? 오달고는 검정 구두가 떠올랐다. 검정 구두와 함께 살 때는 하루 종일 기다리는 게 일이었다. 검정 구두가 밤늦게 돌아오면, 기쁘고 반가워서 펄쩍펄쩍 뛰었다. 그것만으론 부족했다. 오달고는 검정 구두가 신고 있는 신발이며 바닥에 찌지직 오줌을 쌌다. 너무 좋아서 그랬다. 하지만 검정 구두는 그때마다 "에잇!" 짜증을 내며 확 달라진 얼굴로 손을 번쩍 치켜들었다. 망설임 없이 세차게 내려치던 손길을 생각하자 오달고는 온몸이 마구 떨려 왔다. 따뜻한 품이 그리웠다. 머릿속에 검정 구두가 아닌 할머니가 떠올랐다. 오달고는 얼른 생각을 지워 버렸다.

한참 뒤에야 다시 들어온 할머니가 오달고를 품에 안았다. 오달고는 그 손길을 그대로 받아들였다. 할머니에겐 뭔가 거부할 수 없는 기운이 느껴졌다. 할머니는 아기를 안을 때 쓰는 가방 안에 오달고를 넣어 가슴 앞에 메었다.

"새로 왔구나! 난 캔그레이트맥스장군이야."

마당으로 나오자 늑대개가 처음 보는 것처럼 먼저 인사했다. 어제 본 오달고를 기억하지 못하는 것 같았다. 덩치는 컸지만 헉헉대며 웃는 모습이 순해 보였다.

할머니는 우리마다 다니며 개들에게 밥을 나눠 줬다. 호박씨는 줄곧 할머니 옆을 따라다녔다. 개들이 맨 목줄에는 이름이 적힌 작은 나뭇조각이 달려 있었다. 할머니가 직접 만들어 달아 준 것 같았다.

"아거거."

"어어."

할머니는 개들을 일일이 쓰다듬어 주며 알 수 없는 말을 웅얼거렸다. 이름을 불러 주는 것 같았다. 개들은 용케도 자기 이름을 알아듣고 꼬리를 흔들며 뛰어올랐다.

"새로 왔어. 이름은 나도 아직 몰라."

호박씨는 개들에게 오달고를 소개해 주었다.

'아, 그 녀석이다.'

오달고는 개들 우리와 떨어진 곳에 있는 닭장을 보았다. 뒷마당으로 향하는 담벼락 옆에 널빤지를 지붕 삼아 나무 기둥에 철망을 두른 곳이었다. 어른이 살짝 고개를 숙이고 들어갈 만한 크기와 높이였다. 닭장 안에 닭은 없고, 진돗개 한 마리만 쪼그려 앉아 있었다. 보통 진돗개들보다는 작고 여린 덩치였다. 녀석은 닭장을 혼자

다 차지하고 편안한 모습으로 졸고 있었다. 할머니가 닭장 안으로 들어가 먹이를 챙겨 주자 눈을 뜨고 꼬리만 살짝 흔들 뿐, 그 자세 그대로 꼼짝도 하지 않았다.

"개닭이야."

호박씨가 말했다.

"개닭이?"

오달고가 호기심을 보이자 호박씨는 살짝 미소 지었다.

"저 녀석, 알을 품는 개야. 자기는 언젠가 멋진 알을 낳을 거래. 그래서 그냥 개닭이라 불러."

호박씨가 주둥이를 내밀어 개닭이가 깔고 앉아 있는 돌무더기를 가리켰다. 흰색과 회색빛 둥근 돌들 사이로 검은색 돌도 보였다. 개닭이가 움찔거릴 때 얼핏 노란색도 보였다. 정말 알을 품고 있는 것 같았다.

"개닭이에게도 나름 사연이 있으니 너무 비웃진 마라."

호박씨는 무심히 말하고는 다른 우리로 가 버렸다. 개닭이는 다시 꾸벅꾸벅 졸기 시작했다.

그렇게 개들에게 밥을 주는 데도 두 시간 정도가 걸렸다. 여전히 배가 고팠던 오달고에게는 남들 밥 먹는 걸 보는 것도 힘든 일이었다.

할머니는 오달고를 현관 앞 철장 안에 넣어 주었다. 호박씨가 앉아 있는 바로 옆이었다. 옆 철장에는 늑대개가 거친 숨소리를 내며 잠들어 있었다. 오달고는 바닥에 깔린 털옷 위에 납작 엎드렸다. 배가 텅 비어서 털옷을 한 장 더 깔아 놓은 것 같았다.

"딸강!"

철장과 부딪쳐 맑은 쇳소리가 나더니 양은그릇이 오달고 눈앞에 놓였다. 그릇 안에는 맛있는 냄새가 가득했다. 할머니가 환하게 웃는 표정으로 내려다보고 있었다.

"달아나려면 든든히 먹어야 해!"

오달고는 혼자 중얼거리며 그릇 안으로 주둥이를 담갔다. 그릇은 금방 깨끗이 비워졌다.

"컹커커겅 컹컹!"

그릇에 남은 가루를 핥아 대던 오달고는 커다란 소리에 놀라 몸을 바짝 낮췄다. 조금 전까지 잠들어 있던 늑대개가 깨어난 것이다.

"맛있지? 난 캔그레이트맥스장군이야!"

늑대개가 활짝 웃어 가며 말했다.

"아까도 말했거든!"

오달고가 소리쳤다.

"그랬어?"

늑대개는 눈을 동그랗게 뜨고 물었다. 캔그레이트맥스장군이라고? 저런 덩치가 저렇게 귀엽기도 힘들 거라고 오달고는 생각했다.

해는 기울어 따스함을 잃어 갔다. 살짝 추위가 느껴졌지만, 배가 부르니 고개가 자꾸 떨어져 내렸다. 오달고는 앞발을 모아 턱을 받치고 눈을 감았다. 바닥에 깔린 털옷에서 온기가 올라왔다. 털옷에 주둥이를 비벼 대다가 몸을 바짝 웅크렸다. 요란했던 하루가 저물어 가고 있었다.

우주복 아줌마

“안녕! 난 캔그레이트맥스장군이야.”

아침에 눈이 마주치자마자 캔그레이트맥스장군이가 말했다. 오달고가 멍한 표정으로 올려다보았다.

“그 녀석 잠들었다 깨면 아무것도 기억 못 해. 신기한 게 자기 이름은 잊지 않더라고.”

현관 계단에 얼굴을 받치고 방 안의 TV를 보던 호박씨가 말했다. 호박씨는 천천히 몸을 일으켜 캔그레이트맥스장군이 앞으로 다가갔다.

“나는 호박씨야. 너는 날 엄청 좋아해. 내 말도 잘 듣고. 우린 할머니랑 여기…….”

이런저런 말을 들으며 캔그레이트맥스장군이는 고개를 끄덕였다. 심각하던 표정은 금방 사라지고 헤헤거리며 꼬리를 흔들어 대었다.

"쟤는 왜 저런 거야?"

자리로 돌아오는 호박씨에게 오달고가 물었다.

"왜인지는 나도 모르지. 뭔가에 머리를 심하게 부딪혔거나, 아님 누군가에게……."

호박씨는 TV로 고개를 돌렸다. TV에선 얼마 전에 떨어져 내린 별똥별에 관한 얘기뿐이었다. 먹지도 못하는 돌만 하루 종일 보여 주었다.

"얘들아, 우리 왔다."

그때 대여섯 명의 사람들이 대문을 밀고 들어왔다. 일주일에 한 번씩 찾아오는 자원봉사자들이었다. 호박씨가 일어나 꼬리를 살랑댔다.

"호박씨, 잘 있었어? 할머니는 잘 보살펴 드리고 있는 거지?"

자원봉사자들이 다가와 자연스럽게 호박씨 머리를 쓰다듬었다. 사람들 맨 뒤로 뚱뚱한 덩치의 아줌마가 따라 들어왔다. 지난번부터 함께 오기 시작한 아줌마였다. 등산이라도 온 사람처럼 등에 커다란 배낭을 메고 있었다.

"우주복 아줌마 또 왔네!"

호박씨가 반가운 듯이 말했다. 우주복 아줌마는 캔그레이트맥스장군이의 우리 앞으로 다가가 쪼그려 앉았다.

"그 아줌마가 널 좋아하는 것 같다. 잘 보여 봐. 또 아냐? 널 데려가서 키울지."

호박씨가 말했다.

"난 여기가 좋아. 다른 곳에 가고 싶지 않아."

캔그레이트맥스장군이는 아줌마를 피해 돌아앉았다.

"장군이? 그래, 잘생긴 너한테 정말 잘 어울리는 이름이다."

우주복 아줌마가 우리 한쪽 나무판에 적힌 이름을 보며 말했다. 그러고는 우리 안으로 조심스럽게 손을 내밀었다. 캔그레이트맥스장군이는 아예 눈을 감아 버렸다.

"야, 잠들진 마. 잠들면 아줌마가 너 데려간다."

"안 잘 거야. 어디도 가고 싶지 않아."

호박씨의 말에 캔그레이트맥스장군이는 꼬리를 세차게 흔들며 퉁명스럽게 대답했다.

"어어."

마침 할머니가 나타나 반갑게 손을 흔들었다.

"할머니, 청소부터 하면 되죠?"

우주복 아줌마가 배낭을 내려놓더니 우주에서 입는 옷처럼 팔다리가 연결되어 있는 커다란 옷을 꺼냈다. 아줌마는 우주복 속에 들어가 지퍼를 목까지 끌어올리고 모자를 뒤집어썼다. 배낭에서 장갑과 마스크까지 꺼내서 꼼꼼히 챙겼다. 아줌마는 털 하나도 못 들어갈 만큼 완전 무장을 했다.

"저렇게 깔끔 떨려면 뭐 하러 여기까지 왔대?"

노란 모자를 쓴 여자가 얼굴을 찡그리며 일부러 들으라는 듯 크게 말했다. 우주복 아줌마는 못 들은 척 우리로 들어가 청소를 시작했다.

오달고는 바닥에 누워 눈과 귀만 이리저리 움직였다. 우주복 아줌마는 우리 안을 빗자루로 쓸고 닦아 가며 쉬지 않고 일했다. 콧노래까지 흥얼거렸다.

"너구나? 새로 들어온 녀석이."

"엄청 똑똑하게 생겼는데?"

여자들이 오달고를 내려다보며 말했다. 오달고는 관심 없다는 듯 이내 고개를 돌려 버렸다.

"우리가 이 녀석 이름을 지어 줄까?"

"별똥별 떨어지던 날 들어왔으니까, 똥별이 어때?"

여자들은 까르르 웃어 대었다.

‘뭐가 어째? 똥별이?’

오달고는 벌떡 일어나 여자들을 향해 마구 짖어 대었다.

“싫다고? 이름이 맘에 안 드는구나!”

“별똥별이 얼마나 귀한 건데. 뭘 모르네.”

여자들은 이내 다른 곳으로 가 버렸다.

자원봉사가 있는 날은 꽤 요란했다. 개들은 지저분하게 자란 털을 깎기도 하고, 다치거나 아픈 곳을 치료받기도 했다. 오랜만에 맛있는 간식을 얻어먹으려고 봉사자들 앞에서 펄쩍 뛰며 재주를 부리는 개들도 있었다.

빠르게 시간이 흘러 점심때가 되었다. 봉사자들은 각자 싸 온 도시락을 꺼내 할머니와 함께 점심을 먹었다. 밥을 먹고 난 후 개를 데리고 산책을 가는 사람도 있었다. 호박씨는 방 안 구석 조용한 곳에 누워 쉬었다.

“들었어? 여기서 가까운 산 너머 마을에 운석이 떨어져서 난리래.”

방 안에서 아픈 강아지들을 돌보던 자원봉사자들이 TV를 보며 말했다. 화면에는 커다란 돌을 들고 웃음 짓는 농부의 얼굴이 비쳤다.

“저 운석이 그렇게 귀하다면서?”

“그러게. 운석은 처음 발견한 사람이 주인이라던데.”

“그러니까 사람들이 자꾸 몰려든다잖아. 우리도 운석이나 찾으러 갈까?”

“그런 복이 뭐 아무한테나 오겠어?”

“저 돌덩이 하나만 있어도, 불쌍한 이 녀석들 집이랑 밥걱정은 없을 텐데.”

노란 모자를 쓴 자원봉사자가 강아지를 꽉 끌어안으며 말했다.

“그러게, 진짜 큰일이다. 다음 달이면 집을 비워야 한다잖아.”

호박씨는 TV 화면을 올려다보았다. 사람들이 뭔가를 줍기 위해 숲이나 밭으로 돌아다니는 장면이 나왔다. 그리고 까맣게 탄 커다란 돌덩이를 들고 좋아하는 사람의 모습도 보였다. 그때 우주복 아줌마와 할머니가 방 안으로 들어왔다.

“어머, 아줌마. 어쩌면 좋아요. 얼굴이 빨갛게 부어올랐잖아요.”

자원봉사자가 아줌마의 얼굴을 보며 걱정스럽게 말했다. 아줌마 얼굴 여기저기에 빨간 반점이 얼룩덜룩 올라와 있었다.

“털이 들어오지 않게 겹겹이 챙겨 입었는데도 그러네요.”

아줌마가 어색한 웃음을 지으며 얼굴을 긁어 댔다.

“어어어.”

할머니가 차가운 수건을 가져다가 얼굴에 대어 주며 걱정스런 눈길을 보냈다.

"괜찮아요, 할머니. 약 먹으면 금방 가라앉아요."

작업복을 벗는 아줌마의 팔뚝과 다리에도 반점이 올라와 있었다.

"털 알레르기가 있으신 거예요? 그런데 뭐 하러 이런 일을 하세요? 전 그것도 모르고 괜히 깔끔 떤다고 생각했거든요. 정말 죄송해요."

노란 모자를 쓴 여자의 목소리가 울 것처럼 떨렸다.

"그냥…… 좋아서요. 개를 좋아해서 집에서 길렀는데, 제가 털 알레르기가 있다는 걸 나중에 알았어요. 어릴 적엔 괜찮았는데, 사람 체질이 바뀌나 봐요."

우주복 아줌마는 손으로 온몸을 박박 긁어 가면서 말했다. 긁는 곳마다 빨간 손톱자국이 길고 선명하게 생겨났다. 아줌마는 괴로워서 눈언저리를 일그러뜨리면서도 입가에 웃음이 가득했다. 이상한 표정이었다.

"키우던 개를 할 수 없이 아는 사람에게 맡겼는데, 그 사람이 또 다른 곳에 넘겼다고 하더라고요. 얼마 전에야 그 얘길 들었어요."

할머니가 한 손으로 가슴을 쓸어내리며 깊은 숨을 내쉬었다.

"그 개에게 미안하기도 하고……. 아무튼 여기 오면 몸은 힘들어도 마음은 편하고 좋아요."

아줌마는 빨갛게 부은 얼굴로 활짝 웃었다. 할머니는 그저 고개만 끄덕였다.

저녁 무렵, 자원봉사자들이 모두 대문을 나섰는데도 우주복 아줌마는 캔그레이트맥스장군이 우리 앞을 떠나지 못했다.

"잘 지내고 있어. 또 올게."

캔그레이트맥스장군이는 여전히 몸을 돌려 누워만 있었다.

우주복 아줌마까지 떠나고 나자 시끄럽던 하루가 저물어 갔다. 개들은 평상시와 달리 조용히 앉아 있었다. 사람들이 찾아올 때의 반가움만큼 헤어짐의 아쉬움이 컸기 때문이있다.

개닭이

늦은 밤까지 개들을 돌보던 할머니가 지친 몸을 침대에 뉘었다. 일 분도 채 안 되어 입이 벌어지고 거친 숨소리가 들려왔다. 침대 밑으로 떨어진 손을 강아지들이 물고 빨아 대도 할머니는 잠에서 깨지 않았다. 드르렁 요란한 코골이에 강아지들이 깜짝 놀라 도망쳤다.

호박씨는 주의를 기울여 집 안 구석구석을 한 바퀴 돌았다. 마지막으로 뒷마당 쪽에 있는 닭장으로 향했다. 개닭이는 닭장 지붕 위에 올라가 마당을 둘러보고 있었다. 낮 동안 병든 닭처럼 꾸벅꾸벅 졸던 모습과는 달리 두 눈을 번쩍이며 앉아 있었다.

"밤사이 잘 부탁할게."

호박씨의 말에 개닭이는 대답 없이 눈과 귀만 바쁘게 이리저리 움직여 어둠 속을 살폈다.

호박씨는 자기 자리로 돌아와 앞발을 모으고 한쪽 뺨을 올려 잠을 청했다. 날씨가 제법 쌀쌀해 꼬리로 몸을 말아야 했다. 호박씨도 금방 고른 숨소리를 내며 잠에 빠져들었다. 마당은 코를 고는 개, 꿈을 꾸는 듯 발버둥치는 개, 자면서도 짖어 대는 개들로 소란스럽게 잠들어 있었다.

오달고는 귀를 쫑긋거려 호박씨의 숨소리를 확인했다. 잠든 게 분명했다. 오달고는 조심스럽게 움직여 철망 아래 흙을 파내기 시작했다. 발로 흙을 퍼내고 주둥이로 밀어내어 바닥의 구멍을 넓혀 갔다. 움푹 들어간 틈으로 주둥이를 집어넣고 철망을 들어 보았지만 어림도 없었다.

시간이 갈수록 발가락 사이가 쓰려 오고 다리의 힘도 빠졌다. 꽤 넓어진 틈으로 주둥이를 넣고 발버둥치다가 뚝! 그대로 멈춰 버렸다. 멀리 숲속에서 커허엉 커헝 소리가 들려왔기 때문이었다. 독구일까? 그 생각만으로도 다리가 덜덜 떨렸다. 대문이 굳게 닫혀 있어서 담을 뛰어넘을 수도 없었다. 철장을 빠져나간다 하더라도 유일한 탈출구인 뒷산에서 독구가 기다리고 있었다.

"여기 남아 있으면 버려지는 일은 없을 거야."

호박씨였다. 깨어 있었던 모양이다. 기운이 빠져 버린 오달고는 철망 한쪽에 기대어 몸을 둥글게 말았다.

그 시각, 개닭이는 밤늦도록 또렷한 눈빛으로 주위를 살피며 잠들지 못했다. 조그만 소리에도 귀를 쫑긋 세워 경계를 풀지 않았다. 언제 그들이 또 나타날지 두려웠기 때문이다. 긴 밤이 지나고 날이 밝아야 안심이었다.

밤이 조금씩 옅어지고 새벽이 다가왔다. 밤새 지붕 위에 앉아 있던 개닭이도 조금씩 지쳐 갔다. 천천히 자리에서 일어났다. 하루 종일 쪼그려 앉아 있던 다리를 뻗고, 엉덩이를 높이 들어 몸을 풀었다. 코를 킁킁거려 보았지만 축축한 새벽 공기 속에 낯선 냄새는 없었다.

개닭이는 닭장 지붕 옆의 담을 밟고 밖으로 뛰어내렸다. 오늘도 둥그런 알을 찾아 산길을 올랐다. 비가 올 때만 물길이 생기는 작은 계곡 쪽으로 발길을 옮겼다. 그쪽으로 가야 맘에 드는 돌을 찾을 수 있었다. 개닭이는 알처럼 예쁜 돌을 찾아 품고 있으면 마음이 편안해졌다. 어릴 적에 자기를 품어 주던 암탉의 따뜻한 품속을 잊을 수가 없었다.

함께 태어난 형제는 모두 열세 마리였다. 개닭이는 형제들과의 경쟁에서 한번 밀리기 시작하자 엄마 젖도 제대로 빨 수 없었다.

운 좋게 젖을 물어도 힘센 다른 형제들의 발길질에 오래 버티지 못했다. 엄마의 젖은 항상 부족했다. 엄마 개는 힘없이 밀리는 개닭이를 보고도 모른 척할 뿐이었다.

쑥쑥 자라는 다른 개들에게 밀려 쫓겨나다시피 찾아간 곳이 닭장이었다. 따뜻한 곳을 찾아 무작정 파고들어 가 보니 암탉이 알을 품고 있었다. 푸르릇 풋풋, 매몰차지 못한 암탉은 몇 번의 날갯짓에도 물러나지 않는 개닭이의 머리를 부리로 콕 한 번 찍고 말았다. 그렇게 시작한 암탉과의 생활은 다른 개들과의 경쟁보다 훨씬 편하고 즐거웠다. 할머니도 닭장으로 따로 먹이를 챙겨 주었다.

옛날 일이 떠오르자 개닭이의 가슴 한쪽이 시려 왔다. 어린 시절 암탉을 따라 알을 품던 행동이 커서도 계속되었다. 가만히 그러고 있으면 마음이 편하고 좋았다. 다른 개들은 진돗개 망신이라며 놀려 대었지만, 개닭이는 별로 신경 쓰지 않았다. 자기는 멋진 알을 낳을 거라며 당당히 맞서기까지 했다.

오늘따라 마음에 드는 돌멩이를 찾을 수 없었다. 그냥 돌아가려니 아쉬워서 조금 먼 곳까지 오게 되었다. 그렇게 한참을 헤매고 있는데, 갑자기 낯선 냄새가 스쳐 갔다. 땀과 약간의 피 비린내가 섞인 기분 나쁜 냄새였다.

"킁킁 킁."

냄새를 놓치지 않으려 코를 들고 이리저리 움직였다. 그리 멀지 않은 곳이었다. 소나무 사이를 빠르게 달려 내려가자 농가 근처에 서성이는 개와 사람이 보였다.

"그 녀석들이다!"

누군지 단번에 알 수 있었다. 개닭이가 기억에서 지울 수 없는 냄새를 가진 사람. 목장갑을 낀 손에 채찍을 든 남자는 도사견을 끌고 조용히 움직였다. 아직 어려 보이는 도사견이었다. 그들이 향한 곳은 농가 한쪽에 떨어져 있는 닭장이었다. 개닭이는 반대 방향으로 빙 돌아서 닭장 가까이 다가갔다. 그사이 도사견은 닭장 안으로 떠밀려 들어갔다.

곧이어 날카로운 채찍 소리가 들리더니, 푸드덕 팍팍 순식간에 요란한 날갯소리와 함께 닭들의 비명이 들려왔다. 도사견에게 목을 물린 닭은 얼마 가지 못해 퍼덕거리던 날갯짓을 멈추었다. 개닭이가 어찌해 볼 겨를도 없이, 순식간에 일이 벌어졌다.

"잘했어! 가자."

목장갑이 신호를 보내자 도사견은 재빨리 닭장을 빠져나와 어둠 속으로 달아났다. 개닭이는 그들이 떠난 닭장 안으로 뛰어 들어갔다. 목이 부러지고 날개가 꺾인 닭들이 바닥 여기저기에 뻗어 있었다. 푸드덕! 아직 살아 있는 닭이 있었다. 목을 물려 몸을 일으키진 못하고 누워서 날개만 퍼덕였다.

"스읍 습습."

개닭이는 닭의 상처를 정성껏 핥아 주었다. 날갯짓이 조금씩 잦아들었다. 닭은 얼마 버티지 못하고 움직임을 완전히 멈추었다.

"누구야!"

그때, 닭장 문 앞을 막아서는 사람이 있었다. 개닭이는 놀라서 재빨리 사람의 다리 사이로 빠져나와 숲으로 도망쳤다.

"저놈 잡아!"

사람들은 끈질기게 따라왔다. 개닭이는 힘겹게 산길을 뛰고 미끄러지며 사람들을 따돌렸다. 할머니 집이 가까워질 때쯤에야 사람들의 모습이 보이지 않았다. 비로소 안심하고 천천히 걸을 수 있었다. 개닭이가 닭장에 지친 몸을 쓰러지듯 누였을 때, 어둡던 하늘이 파랗게 밝아 왔다.

멀리 산 중턱에서 한 무리의 사람이 할머니 집을 내려다보고 있었다.

하늘에서 내린 선물

"할머니, 문 좀 열어 주세요."

담 너머로 마당 안을 들여다보는 사람은 모자를 눌러쓴 경찰이었다. 할머니가 대문을 열어 보니, 경찰 옆에는 또 다른 아저씨가 서 있었다.

"할머니, 어젯밤에 개가 닭장에 침입해서 닭들을 물어 죽였어요. 닭장에서 도망치는 개를 따라왔더니 여기로 들어왔답니다."

경찰이 옆에 있는 아저씨를 쳐다보았다.

"분명 여기 개가 맞다니까요."

아저씨는 쓰고 있던 모자를 벗어 흔들어 가며 얘기했다.

"잠깐, 안에 있는 개들을 좀 살펴봐도 될까요?"

경찰은 차분하게 할머니에게 말했다.

"어어어."

할머니는 고개를 끄덕이며 경찰과 아저씨에게 길을 내주었다. 그들은 마당에 들어서서 개들을 꼼꼼하게 살펴보았다.

"저 개 아닌가요?"

경찰이 캔그레이트맥스장군이를 손가락으로 가리켰다.

"저건 아닌데. 하얀 진돗개였는데……."

두 사람은 할머니 집에 있는 진돗개들을 다 살펴보았다. 백구는 몇 마리 되지 않았고, 모두 별다른 증거가 남아 있지 않았다.

"이쪽으로 온 게 확실해요?"

경찰이 아저씨를 돌아보다가 뒷마당 쪽 닭장 안에 쪼그려 앉은 개닭이를 보았다.

"저 개는 왜 저기 따로 있지?"

경찰과 아저씨가 개닭이에게 다가갔다. 할머니가 손을 저으며 개닭이는 절대로 그런 개가 아니라고 말했다. 어물거리는 할머니 말을 경찰이 알아들을 리가 없었다.

"어? 이거 봐! 이 녀석 다리랑 입가에 피가 묻어 있네."

경찰이 개닭이의 앞발을 들어 보이면서 말했다. 개닭이는 아무것도 모르고 꼬리를 흔들며 낯선 사람을 반겨 주었다. 헐떡거리는 입 주위가 빨갛게 물들어 있었다. 게다가 발톱 사이에는 닭의 깃털도 끼어 있었다. 할머니의 조그마한 눈이 쏟아질 듯 커졌다.

"할머니, 이 녀석…… 일단 보호 조치가 필요하겠어요."

"아! 아아!"

할머니는 강하게 도리질치며 개닭이를 끌어안고 놓아주지 않았다. 뭔가 이상한 걸 눈치채고 호박씨가 짖자 캔그레이트맥스장군이도 따라 짖어 대었다. 아저씨와 경찰은 한동안 심각한 표정으로 말을 나누었다.

"데려가서 조금 더 조사해 보고, 아니면 돌려보낼 테니 너무 걱정 마세요. 이 근방에서 이런 사건이 한두 번 일어난 게 아니라 그냥 넘어갈 수가 없어요."

경찰의 설득에 한참을 꼼짝하지 않던 할머니가 품에 안았던 개닭이를 놓았다. 경찰은 개닭이를 목줄에 묶어 케이지 안에 넣었다.

"개닭아! 진짜 네가 닭들을 죽였어?"

호박씨가 끌려가는 개닭이에게 물었다.

"아니, 내가 그럴 리가 없잖아. 사람들은 왜 내 말을 안 듣지?"

호박씨는 개닭이가 한 짓이 아니라고 크게 소리쳤지만, 사람들의 귀에는 그냥 시끄럽게 짖는 소리로 들릴 뿐이었다.

할머니가 땅바닥에 주저앉아 미동도 않자, 호박씨는 할머니 손을 계속 핥으며 위로해 주었다. 그제야 할머니가 호박씨를 품에 꼭 안았다.

"할머니는 왜 사람들하고 말을 안 해?"

"몸짓, 눈빛만으로도 말이 다 통하거든. 너희처럼 말이야."

"사람들은 우리가 하는 말을 못 알아듣던데."

"아니, 다 알아. 너희가 슬픈지, 기쁜지, 아픈지, 행복한지."

"할머니, 그런데 왜 사람들은 모른 척하는 거야?"

"그건……, 그래야 편하거든."

다음 날이 되자 한숨이가 낯선 사람들과 함께 다시 찾아왔다.

"개닭이 얘긴 들었어요. 그 일로 사람들 말이 더 많아졌어요. 그러니까 개들을 풀어 놓으시면 안 된다니까요. 저 녀석도 얼른 가두세요."

한숨이가 호박씨를 가리켰다. 호박씨는 한숨이 손가락을 향해 펄쩍 뛰어오르며 이빨을 드러내었다. 한숨이는 함께 온 사람 뒤로 숨었다.

"지난번에 말씀드렸던 동물 보호소 사람입니다. 미리 둘러보고 상황에 맞는 준비를 해야 해서 들른 거예요."

할머니는 필요 없다고 손을 저으며 한숨이와 동물 보호소 사람을 대문 밖으로 밀어냈다.

"할머니, 이사하면 얘들 다 데려갈 수 있으세요? 현실적으로 생각하셔야 돼요. 이 많은 개들을 받아 줄 곳도 없다는 건 잘 아시잖아요."

한숨이를 밀어내던 할머니 손이 아래로 힘없이 떨어졌다. 호박씨가 한숨이에게 달려들며 짖어 대었다.

"야, 나 나쁜 사람 아냐. 너희를 돕고 있는 거라고."

한숨이가 구둣발을 들어 슬쩍 밀어내려고 하자, 호박씨가 구두턱을 덥석 물고는 얼굴을 흔들어 대었다.

"제발~!"

한숨이가 우는 표정으로 말했다.

"할머니, 이 많은 개들을 지금껏 혼자 돌보신 거예요? 대단하세요. 이제부터는 저희가 새 가족을 찾아 줄 수 있도록 최대한 노력해 볼게요."

동물 보호소 사람이 할머니에게 말했다.

할머니는 호박씨를 안고 돌아서서 현관 계단에 주저앉았다. 그 사이 한숨이와 동물 보호소 사람은 사진까지 찍어 가면서 개들을 하나하나 살펴보았다. 그들은 한참을 둘러보고 나서야 떠났다.

"우리 이제 어떻게 되는 거지?"

캔그레이트맥스장군이가 호박씨에게 물었다.

"후유."

호박씨는 깊은 한숨부터 내쉬었다.

"몇몇은 할머니와 함께 가겠지만, 아마 대부분은 동물 보호소로 보내질 거야. 그중에 또 운이 좋은 녀석들은 새 가족을 찾을 수도 있을걸. 하지만……."

호박씨는 잠시 말을 잇지 못했다.

"착한 할머니를 도와주지는 못해도 괴롭히진 말아야지."

"그러니까 말이야. 우리 착한 할머니한테 하늘에서 뭔가 상이라도 내려 줘야 하는 거 아닌가?"

캔그레이트맥스장군이가 중얼거렸다. 그 순간, 호박씨가 벌떡 일어났다.

"하늘에서 상을 내려 준다고? 그래, 별똥별을 찾자!"

호박씨가 소리쳤다.

"별똥별?"

"응, 어쩌면 하늘에서 할머니한테 내려 준 선물일지도 몰라."

호박씨는 TV 속에서 돌을 들고 행복해하던 사람의 모습을 떠올렸다.

"별똥별을 찾으면 더 좋은 곳에서, 더 편하게 살 수 있을 거라고 자원봉사자들이 말했어. 우리, 별을 찾자!"

"별이라고? 하늘에 점점이 박힌 별 말이야?"

캔그레이트맥스장군이 눈이 커졌다.

"그래, 그 별이 땅에 떨어졌대."

"작은 점을 어떻게 찾아? 아, 반짝거리겠지?"

"그렇게 작지 않아. 반짝거리지도 않고 그냥 검정색 돌멩이래."

"검정색? 근데 불 꺼진 별을 찾아서 뭐 하게? 먹을 수 있는 것도 아니잖아."

"몰라, 돌인지 별인지 사람들한테는 엄청 중요한가 봐. 저거 봐 봐."

때마침 TV에서는 까만 돌을 들고 좋아서 눈물까지 글썽거리는 사람이 나오고 있었다.

"저런 거라면 나도 봤어."

누군가 끼어들었다. 호박씨가 고개를 돌려 보니 오달고가 꼬리를 살랑살랑 흔들고 있었다.

"지난번에 산으로 도망갔다가 분명 저런 돌을 봤어. 검은색 돌이 땅을 움푹 파고 들어가 있더라고. 돌 있는 곳에 내가 데려다줄게."

오달고가 말했다.

"또 도망가려고 거짓말하는 거지?"

호박씨가 푯푯 거칠게 콧김을 내뿜었다.

"돌을 찾아 주면, 나 같은 건 풀어 줘도 상관없잖아."

"풀어 준다니……, 여기가 무슨 감옥이야?"

호박씨가 코에 주름을 잡아 가며 이빨을 드러냈다. 누렇게 썩은 이빨이 고작 서너 개밖에 없어서 조금도 위협적이지 않았다.

"검은색이라고 다 너희가 찾는 돌이 아냐. 독특한 냄새가 있다고! 내 코는 그걸 그대로 기억해. 날 데려가든 말든 결정은 너희가 해."

오달고의 눈을 한참 동안 뚫어져라 바라보던 호박씨가 고개를 끄덕였다.

"좋아. 없는 것보다는 도움이 되겠지. 오늘 밤, 할머니가 잠들면 그때 떠나자."

호박씨는 담 너머 먼 산을 바라보았다. 가을 산에 걸친 해는 붉게 단풍이 들어 가고 있었다.

별을 찾아서

한밤중에 호박씨는 할머니가 잠든 침대로 다가갔다. 이불 밖으로 나온 발가락을 핥다가 살짝 질겅거려 봤지만, 몸을 뒤척일 뿐 깨어나지 않았다.

"할머닌 기절하셨다."

호박씨는 밖으로 나와 캔그레이트맥스장군이 우리 앞으로 갔다.

"야, 오늘은 잠들지 말라니까?"

호박씨가 소리쳤다.

"……."

그새 잠이 들었던 캔그레이트맥스장군이가 호박씨의 호통에 눈을 번쩍 떴다. 이리저리 고개를 돌려 가며 낯선 표정으로 주위를 둘러보았다. 캔그레이트맥스장군이는 호박씨와 눈이 마주치자 꼬리를 살짝 흔들었다.

"안녕? 난 캔그레이트맥스장군이야."

호박씨는 잠시 눈길을 바닥에 떨구었다. 별을 찾으려면 서둘러야 했지만, 캔그레이트맥스장군이를 떼어 놓고 갈 수는 없었다.

"나는 호박씨야. 너는 날 엄청 좋아해. 내 말도 잘 듣고, 우리는 할머니와……."

호박씨는 한동안 차분하게 설명을 이어 갔다.

"그래서 우린 지금부터 별을 찾으러 갈 거야. 네 역할이 제일 중요해."

"별이라고? 하늘에 점점이 박힌 별 말이야?"

캔그레이트맥스장군이는 흥미로운 표정으로 호박씨를 쳐다봤다.

"그래, 그 별은 작지도 않고 반짝거리지도 않아. 질문은 받지 않겠어. 일단 넌 따라오면 돼."

호박씨가 단호하게 말했다.

"응, 그래."

캔그레이트맥스장군이는 혀를 내밀고 헤헤거리며 꼬리를 흔들어 대었다.

"진짜 얘도 데려갈 거야?"

오달고가 호박씨를 쳐다보았다.

"그래, 별을 찾으면 누가 가지고 올 건데? 우리는 입에 물지도 못해. 덩치는 여기서 얘가 제일 크고 힘도 세다고."

듣고 보니 맞는 말이었다. 어차피 오달고는 별인지 돌인지가 어찌 되든 관심이 없었다.

호박씨는 캔그레이트맥스장군이가 갇힌 우리의 문고리를 코로 밀어젖혔다. 많이 해 본 솜씨였다. 잠겨 있던 문이 가볍게 열렸다. 밖으로 나온 캔그레이트맥스장군이는 온몸을 세차게 털어 대었다. 긴 털들이 사방으로 떨어져 내렸다. 호박씨는 오달고가 갇힌 철장도 열어 주었다. 밖으로 나온 오달고는 크게 숨을 들이마셨다. 철장 안과 밖의 공기가 다르기라도 한 것처럼.

"자, 어서 가자. 할머니가 깨어나기 전에 돌아와야 해."

호박씨가 말했다.

"잘 따라올 수 있지?"

호박씨와 눈이 마주치자 캔그레이트맥스장군이는 활짝 웃으며 고개를 끄덕였다. 큰 덩치에 안 맞게 강아지처럼 발을 총총거렸다.

그들은 집 뒤편으로 움직이기 시작했다. 오달고가 앞장서고 호박씨와 캔그레이트맥스장군이가 그 뒤를 따랐다. 어둡고 낯선 숲길이었지만, 한번 지나간 길을 찾는 것은 그리 어렵지 않았다.

"킁킁."

오달고는 땅에 코를 박고 낯익은 냄새를 찾아냈다. 무서워서 찔끔찔끔 흘리고 다닌 자기 오줌 냄새를 쫓는 것이었다. 낙엽 더미 군데군데 떨어진 오줌은 비행기 착륙을 도와주는 불빛처럼 점점이 길게 이어져 있었다.

"많이 싸고 다니는 게 도움이 될 때도 있구나."

호박씨가 말했다. 오달고는 아무런 대꾸도 없이 여전히 코를 땅에 박고 숲속으로 들어갔다. 빨리 돌을 찾아 주고 여길 떠날 생각뿐이었다. 지금도 검정 구두가 숲을 헤매며 자신을 찾고 있을 것만 같았다. 오달고는 정신없이 냄새를 쫓아 움직였다.

"잠깐 멈춰 봐."

호박씨가 잔뜩 긴장한 채 귀를 쫑긋거렸다.

"누군가 따라오는 것 같은데?"

호박씨의 목소리가 떨렸다. 오달고는 지난번에 보았던 도사견이 생각나서 다리가 후들거렸다. 셋은 그 자리에 멈춰 섰다. 하지만 숲은 조용하기만 했다. 먼 곳에서 간간히 부엉이 울음소리가 울릴 뿐이었다.

"서두르자."

호박씨의 말에 오달고는 다시 움직이기 시작했다. 보이지 않는 존재를 신경 쓰다 보니 자꾸 냄새를 잃어버려서 헤매고 있었다.

"진짜 보긴 한 거야?"

호박씨가 물었다.

"여기까지 와서 못 믿으면 어쩔 건데?"

오달고도 지지 않고 말했다.

나름 최선을 다하고 있었지만, 빠르게 도망치던 순간에 스치듯 본 돌이었다. 못 찾으면 어쩌나 하는 걱정이 들기 시작했다. 그때 오달고 코앞에 움푹 팬 웅덩이가 나타났다.

"여기야! 이 안에 돌이 있었어."

오달고가 말했다.

호박씨와 캔그레이트맥스장군이는 수박만 한 크기의 깊은 웅덩이 앞에 섰다. 호박씨는 웅덩이 속에 몸을 반쯤 밀어 넣고 앞발로 안을 뒤적거렸다. 발에 걸리는 돌덩이는 없었다. 이번에는 웅덩이 속의 흙을 밖으로 퍼내었다. 캔그레이트맥스장군이까지 달려들어 커다란 발로 퍽퍽 흙을 퍼냈지만, 돌은 없었다.

"여긴 아무것도 없잖아!"

호박씨가 오달고를 향해 소리쳤다. 하지만 대답은 돌아오지 않았다. 호박씨가 주위를 두리번거렸지만, 이미 때는 늦었다. 오달고는 벌써 멀리 달아난 뒤였다.

"분명 돌을 봤는데……."

오달고는 웅덩이 안에서 보았던 까만 돌덩이를 떠올렸다. 그새 누가 주워 간 모양이었다. 할머니에게 미안했지만, 거짓말을 한 건 아니라고 애써 위로하며 달렸다.

"삭 사삭."

발자국 소리였다. 오달고가 멈추면 소리도 사라졌다. 누군가 계속 따라오고 있는 게 틀림없었다.

"독구?"

도사견을 생각하자 다리에 힘이 풀리고 오줌이 찔끔 나왔다. 이대로 멈춰 있으면 안 될 것 같았다. 오달고는 다시 달리면서 따라오는 소리에 집중했다.

"이……이번엔 한 마리가 아니야."

분명 여러 마리가 함께 움직이는 발소리였다. 오달고는 점점 다가오는 발소리를 피해 재빨리 내달렸다. 나무 사이를 날렵하게 피한 뒤, 수풀 밑을 통과해 나뭇가지가 늘어진 곳 아래를 스쳐 지나갈 때였다.

"깨갱!"

오달고의 목을 뭔가 힘껏 당겼다. 오달고는 가늘지만 단단한 줄에 걸려 그대로 땅바닥을 뒹굴었다. 겁을 먹고 버둥거리며 앞으로 달려 나가려 할수록 목에 감긴 쇠줄은 더 아프게 조여 왔다. 올가미였다.

오달고는 숨도 제대로 쉬지 못하고 그대로 쓰러졌다. 컥컥대며 버둥거릴 때마다 쇠줄이 목덜미로 파고들었다. 조여 오는 줄 알면서도 발길질을 멈출 수 없었다.

"커르르릉."

쓰러진 오달고 앞으로 하얀 물체들이 다가왔다. 들개들이었다. 세 마리나 되는 들개들은 모두 날카로운 이빨을 드러내고 있었다. 삐쩍 마른 몸은 그들이 오달고를 쫓아온 이유를 짐작케 했다. 굶주림의 고통 때문인지 눈빛에 살기를 품고 있었다. 두려움을 느낀 오달고는 더욱 세게 몸을 당겼다. 쇠줄이 살 속으로 파고드는 고통에 다시 쓰러지고 말았다. 개들은 오달고를 향해 천천히 다가왔다.

"저리 가."

그때 호박씨가 오달고와 흰 개들 사이로 끼어들었다. 뒤이어 캔그레이트맥스장군이가 나타나자 흰 개들은 덩치를 보고 움찔거렸다. 하지만 들개들도 쉽게 물러서지 않았다. 어느새 들개가 대여섯 마리로 늘어났다. 그들은 꼬리를 빳빳하게 세우고 일정한 거리에서 왔다 갔다 하며 틈을 노렸다.

"제일 앞에 있는 흰 개가 우두머리야. 저놈부터 노려."

호박씨가 말했다.

캔그레이트맥스장군이는 덩칫값도 못 하고 겁먹은 기색이 역력했다. 들개들이 그걸 놓칠 리 없었다. 제일 앞에 있던 흰 개가 몸을 바짝 낮추더니 호박씨를 향해 뛰어올랐다.

"깽!"

그 순간, 짧은 비명 소리가 터져 나왔다. 뭔가가 제일 앞에 있던 흰 개에게 달려든 것이다. 빠르고 정확한 동작이었다. 들개들은 흐트러진 진열을 가다듬을 시간도 없었다.

호박씨와 캔그레이트맥스장군이를 향해 저벅저벅 다가오는 것은 도사견 독구였다. 둘은 움찔하며 뒤로 주춤거렸다. 흰 개가 독구에게 목을 물린 채 질질 끌려 나왔다. 헉헉 가쁜 숨을 몰아쉬는 흰 개는 단숨에 목뼈가 부러질 듯 아슬아슬해 보였다.

"모두 물러가!"

독구는 코주름을 깊게 만들며 들개들에게 경고했다. 들개들이 쉽게 물러서려 하지 않자 흰 개를 문 입에 힘을 주고 흔들어 대었다.

"독구, 그만해! 진정하라고."

호박씨가 독구에게 소리쳤다.

"같은 개들끼리 왜 이러는 거야? 독구야, 제발 흰 개를 놓아줘."

독구가 동작을 멈추고 입술만 추켜올려 거칠게 이빨을 내보였다.

호박씨가 물러서지 않고 다가오자 독구는 흰 개를 바닥에 떨어트리고 앞발로 눌러 제압했다. 흰 개는 숨을 컥컥 토해 내며 몸을 비틀었다.

"부……부탁이야. 흰 개를 놓아줘."

호박씨가 조금 더 앞으로 나서며 독구에게 말했다.

"할머니를 위한 일에 들개들의 도움이 필요해."

호박씨는 흰 개 위에 올린 독구의 다리를 주둥이로 밀었다. 으르렁대며 불편한 심기를 드러내던 독구는 누르고 있던 다리를 마지못해 떼었다. 호박씨는 흰 개가 일어나도록 머리로 밀어 주었다. 힘겹게 일어선 흰 개는 비틀거리다가 중심을 잡았다.

"우린 별을 찾고 있어."

"별?"

호박씨가 흰 개에게 별에 대해 설명해 주었다.

"그래, 이 근처에 사는 들개 중에 얼마 전 떨어진 별을 본 개가 틀림없이 있을 거야. 아니면 원래 없던 이상한 돌을 보았다든가. 위치만 알려 주면 나중에 너희에게 먹을 걸 나눠 줄게."

흰 개가 다른 들개들과 뭔가 얘기를 나누었다.

"아, 알았어. 그럼 여기서 기다려."

독구는 모른 척 고개를 돌리고 있었다. 흰 개는 자꾸 독구를 돌아보면서 나무 사이로 사라졌다. 함께 있던 들개들도 그 뒤를 따라 갔다.

"더 많은 개들이랑 돌아올 거야."

독구가 말했다.

"너랑 저 녀석도 있잖아."

호박씨가 여전히 몸을 웅크린 채 경계하고 있는 캔그레이트맥스 장군이를 가리키며 말했다.

"독구, 도와줘서 고맙다."

"도와주긴 뭘 도와줘!"

독구는 거칠게 말을 내뱉었지만 경계심을 가지거나 싸울 생각은 없어 보였다.

"너, 오랫동안 할머니 옆을 떠나지 않고 도와주고 있었잖아."

호박씨의 말에 독구는 아무 대답도 하지 않고 돌아섰다.

"너희들, 어서 할머니에게 돌아가라."

독구가 밤하늘을 올려다보며 말했다.

그러고는 일 년 전의 기억을 떠올렸다. 그날의 하늘도 지금처럼 구름에 가려져 별빛 하나 찾을 수 없었다.

독구

일 년 전이었다.

"물어!"

채찍을 손에 든 목장갑이 소리쳤다. '챔피언'이라 불리는 도사견과 어린 개들이 마당에서 훈련 중이었다. 어린 도사견들이 말뚝에 매인 챔피언에게 달려들었다. 1 대 3의 싸움. 줄에 묶인 챔피언이 일방적으로 당하는 것 같지만 그 반대였다. 챔피언이 다리를 물고 늘어지는 어린 개의 등을 덥석 물어 내동댕이쳤다. 챔피언의 울퉁불퉁한 근육은 단단하게 길들여져 이빨도 잘 들어가지 않았다. 목장갑은 겁을 먹고 물러나는 어린 개를 채찍으로 사정없이 때렸다.

"움직이지 마!"

목장갑의 명령에 챔피언은 다리를 모으고 그 자리에 앉았다.

"물어!"

어린 개들이 다시 덤벼들었다. 꼼짝 않고 있는 챔피언의 넓적다리와 어깨를 물고 늘어졌다. 고개를 세차게 흔들자 물린 곳에서 피가 흘러나왔다. 챔피언이 끄응, 신음을 쏟으며 움찍거리자 꼼짝 말라며 목장갑이 소리쳤다. 어린 개들에게는 싸움 훈련을, 챔피언에겐 고통을 견디는 훈련을 동시에 시키는 것이었다.

어린 개들 중에 독구가 있었다. 독구는 챔피언에게 달려들지 않았다. 뒤로 물러나 어깨를 움츠리고 그 자리에 섰다. 쫘악! 채찍이 날아왔다. 연이어 날아오는 채찍에 몸이 휘청였지만 이유 없이 다른 개를 물고 싶지 않았다.

"이 새끼, 왜 이리 고집이 세?"

목장갑이 숨을 헐떡이며 손에 쥔 채찍을 고쳐 쥐었다. 독구는 또다시 날아온 채찍을 더 이상 견디지 못했다. 몸을 바짝 낮추고 기다시피 챔피언에게 다가가 앞발을 물고는 그대로 쓰러졌다.

"넌 따로 훈련을 좀 받아야겠다."

그날 밤, 세상이 모두 잠든 시각이었다. 독구는 목장갑에게 이끌려 어디론가 끌려갔다. 목장갑의 손에 들린 채찍이 흔들릴 때마다 독구는 멈칫거렸다. 채찍이 살로 파고들며 휘감는 고통은 발가락

끝이 아리도록 몸에 새겨져 있었다.

"이 새끼야, 그렇게 약해 빠져서 개 꼬리나 물겠다!"

목장갑의 거친 말투에 독구의 짧은 꼬리가 움찔거렸다. 언제 또 채찍이 날아올지 몰랐다. 독구는 바닥을 기듯 몸을 바짝 낮추며 꼬리를 계속 흔들었다. 목장갑이 멈춰 선 곳은 가파른 언덕 바로 아래에 있는 집 앞이었다. 나무 담 너머로 개들의 냄새가 풍겨 왔다.

"이럴 때, 네 능력을 보이란 말이야. 저놈들 중 한 놈만 깨끗이 끝내고 나와."

목장갑은 독구를 끌고 담을 돌아 집 모퉁이로 들어섰다. 개들의 우리가 넓은 마당 대부분을 차지하고 있었다. 개들이 시도 때도 없이 짖어 대는 통에 조금 시끄러워져도 상관없을 듯했다. 목장갑은 독구의 목에 걸렸던 쇠사슬을 풀었다.

"한 놈만 처리해 봐!"

잠겨 있지 않은 대문을 열고 독구를 마당 안으로 밀어 넣었다.

"콰르르릉!"

독구의 굵고 낮은 목소리에 개들은 몸을 웅크리고 구석으로 숨어들었다. 독구는 자기가 상대할 개를 찾아 우리 안을 천천히 살폈다. 작은 개들은 서슬 퍼런 독구의 눈빛에 꼬리를 내리고 물러났다. 개들은 싸울 의지가 없어 보였다. 긴장이 풀리며 독구의 짧은 꼬리가 흔들렸다. 물고 뜯는 싸움 같은 건 하고 싶지 않았다.

"쉐이익 철썩!"

채찍 소리만 듣고도 몸이 잔뜩 움츠러들었다. 순간, 번뜩 정신을 차린 독구는 가까운 우리 안으로 뛰어들었다. 몸을 웅크리고 안쪽에 숨은 상대를 노려보았다. 어둠 속에서 작은 강아지 한 마리가 꼬리를 흔들며 다가왔다. 당황한 독구는 주춤주춤 도망치듯 물러섰다. 철썩! 철썩! 목장갑이 경고의 채찍질을 날렸지만, 차마 어린 강아지의 목을 물 수는 없었다.

우리를 빠져나온 독구 눈에 닭장이 보였다. 개들 우리와 조금 떨어진 담벼락 옆에 붙어 있었다. 닭들은 꾸벅꾸벅 졸고 있었다. 채찍에 맞지 않고 살아남으려면 닭의 피라도 입에 묻혀야 했다.

독구가 닭장 문틈으로 주둥이를 밀어 넣자 허술한 나무 문고리가 풀렸다. 푸드덕, 위험을 감지한 닭들이 날아올랐다. 독구는 펄쩍 뛰어올라 단숨에 닭의 목을 물어 부러뜨렸다. 비릿한 피 냄새가 콧속을 파고들었다. 독구의 눈에 암탉 한 마리가 들어왔다. 곧바로 몸을 던졌지만, 암탉은 철장을 밟고 날아오르며 피했다.

다시 공격하려던 그때, 개 한 마리가 으르릉거리며 독구 앞을 막아섰다. 암탉 옆에 항상 붙어 있던 어린 개닭이였다. 독구는 겁 없이 맞선 어린 개를 보며 잠시 주춤거렸다.

"한 번에 끝내!"

채찍 소리가 다시 거세졌다. 어느새 목장갑이 닭장 밖에 와 있었다. 여기저기서 짖어 대는 개들 소리가 요란해졌다.

독구가 어찌하지 못하고 망설이는 사이에 개닭이가 먼저 덤벼들었다. 독구는 단숨에 개닭이의 어깨를 물어서 비틀어 버렸다.

"깨애갱 깽깽."

어린 개닭이가 울어 댔다. 그 순간, 암탉이 날아올랐다. 암탉은 부리로 독구의 눈을 사정없이 쪼아 댔다. 예상치 못한 공격을 받은 독구의 한쪽 눈에서 피가 흘러내렸다. 고통에 분노가 솟구치며 잔인한 공격 본능이 되살아났다. 개닭이 앞을 막아서며 거세게 저항하던 암탉은 독구에게 목을 물리곤 힘없이 늘어졌다. 독구는 암탉을 던져 버린 뒤, 비틀거리며 일어서는 개닭이를 한쪽 눈으로 노려보았다.

"커헝!"

어디선가 뛰어 들어온 커다란 덩치의 개가 독구의 다리를 물었다. 독구는 그 상태로 상대의 목덜미에 반격을 가했다. 상대가 물고 있던 다리를 놓고 떨어졌다. 둘은 서로를 경계하며 맞섰다. 독구에게 맞선 상대는 캔그레이트맥스장군이였다. 눈빛이 달라진 독구가 먼저 달려들었다. 날쌔게 상대의 목덜미에 이빨을 박았다. 빠르고 정확한 동작에 상대는 힘도 못 쓰고 땅바닥에 쓰러졌다. 꽉 깨물어 목뼈를 부러트리면 그만이었다. 하지만 독구는 캑캑거리는 상대를 본 순간 멈칫거렸다. 닭을 무는 것과는 달랐다.

"이제 끝내!"

목장갑이 밖에서 채찍을 휘두르며 재촉했지만 독구는 그렇게 할 수 없었다. 잠시 망설이는 틈에 캔그레이트맥스장군이가 몸을 비틀며 튕겨져 일어나 독구의 앞발을 물었다.

"깨갱!"

독구의 입에서도 비명이 튀어나왔다. 독구도 캔그레이트맥스장군이의 다리를 물었다. 서로 물고 늘어진 상태로 꼼짝할 수 없었다.

그때 또 누군가 싸움판에 끼어들었다. 낯선 사람은 캔그레이트맥스장군이의 얼굴을 감싸 안고 독구를 떼어 내려 했다. 독구는 순간, 그 사람의 다리를 물어 마구 흔들었다.

"아아앗!"

고통에 일그러진 할머니의 얼굴이 독구의 눈에 들어왔다. 사람을 물었다는 것에 스스로도 놀란 독구는 한동안 움직이지 못했다. 할머니는 다리를 물고 있는 독구를 떼어 낼 생각도 않고, 흥분한 캔그레이트맥스장군이를 안아서 진정시켰다. 독구는 입을 벌려 다리를 슬그머니 놓고 닭장을 나와 나무 담을 뛰어넘었다.

목장갑은 언제 달아났는지 보이지도 않았다. 독구는 아픈 다리를 질질 끌며 숲속을 내달렸다. 산 두 개를 넘어 한참을 달려가자 낯익은 장소가 보였다. 독구의 집, 투견들을 길러 내는 곳이었다. 집을 보자 마음이 놓였다. 그래도 맘 편히 쉴 수 있는 곳은 집뿐이라고 생각했다.

그제야 자기 몸이 어떤 지경인지 돌아볼 여유가 생겼다. 아무리 애를 써도 한쪽 눈은 떠지지 않았고, 퉁퉁 부은 다리에서는 계속 피가 흘렀다. 다친 다리를 딛을 때마다 송곳으로 찌르는 듯한 고통이 밀려왔다.

독구는 닫힌 쇠문을 앞발로 박박 긁어 대었다. 조금 있으니 목장갑이 문을 열어 주었다. 반가움에 꼬리를 흔들며 절뚝절뚝 다가갔다. 목장갑의 손에는 채찍이 들려 있었다. 독구는 몸을 낮추고 제자리에 멈춰 섰다. 쉬이익, 공기를 가르는 날카로운 소리가 들리더니, 채찍이 독구의 몸을 세차게 감아 왔다.

"깨앵!"

독구는 그대로 바닥에 주저앉았다.

"이 새끼야, 한 번에 끝낼 수 있었잖아! 겁쟁이 외눈박이는 필요 없어."

다시 날아온 채찍에 독구는 비명도 지를 수 없었다. 얼마나 그러고 있었을까? 정신이 들었을 때는 다시 숲을 내달리고 있었다. 제 발로 도망을 친 건지, 목장갑이 내쫓은 건지도 기억나지 않았다. 늑대개에게 물린 다리가 찬바람에 아려 왔다. 독구는 바위 아래 몸을 숨길 만한 곳을 찾아 쓰러지듯 누웠다. 밤새 고통에 허덕이다가 새벽이 되어서야 겨우 눈을 붙일 수 있었다.

깨어 보니 벌써 한낮이었다. 다리는 움직일 수 없을 만큼 부어 있었고, 채찍질에 찢어진 피부는 몹시 쓰라렸다. 당장 먹을 것도, 따뜻하게 쉴 만한 공간도 없었다. 멍하니 쓰러져 있는 독구의 코에 맛있는 냄새가 흘러 들어왔다. 냄새 나는 곳으로 고개를 돌려 보니 누군가 절뚝거리면서 다가오고 있었다. 지난밤에 독구에게 다리를 물리고도 개를 안아 주던 그 할머니였다.

"어어어."

할머니는 음식이 든 그릇을 들고 조심스럽게 다가왔다. 독구는 아픈 다리를 질질 끌며 달아났다. 독구가 계속 물러나자 할머니는 먹을 것만 주고는 산을 내려갔다. 자꾸 뒤돌아보는 얼굴이 웃고 있었다. 그렇게 따뜻한 미소는 처음이었다.

할머니가 보이지 않자 독구는 남겨 놓은 음식 가까이 다가갔다. 따스한 음식에서는 먹음직스러운 냄새가 솔솔 풍겼지만, 쉽사리 입을 댈 수가 없었다. 독구는 침만 꿀꺽 삼키고 힘겹게 뒤돌아섰다.

할머니는 포기하지 않았다. 음식이 차갑고 딱딱해지면 다시 찾아와 따뜻한 음식과 바꾸어 놓았다. 눈이 내리고 바람이 거세게 불어도, 매일 음식을 들고 나타났다. 처음 접시를 비운 걸 확인하고는 독구에게 계속 고맙다며 고개를 숙였다. 뭐가 그렇게 좋은지, 그날 할머니는 덩실덩실 춤을 추며 산을 내려갔다.

겨울 내내 할머니는 독구를 찾아와 음식을 주었다. 그래도 독구는 한 번도 할머니의 손길을 허락하지 않았다. 독구의 몸이 회복되어 자유로워진 봄이 되어서야 할머니는 산에 올라오는 일이 뜸해졌다. 할머니가 찾아오는 걸 멈춘 뒤에도 독구는 할머니 옆을 떠나지 않았다. 그렇다고 가까이 다가가지도 않고 언제나 주위를 맴돌 뿐이었다. 가끔 할머니 집을 도망쳐 나오는 개가 있으면 겁을 줘서 돌려보냈다. 그러지 않으면 할머니가 다리를 절며 숲을 헤맬 걸 알기 때문이었다.

할머니도 그런 독구의 맘을 아는지, 가끔 눈이 많이 내리면 음식을 가져다 놓곤 했다. 할머니와 독구는 그렇게 조용한 우정을 나누고 있었다.

들개들이 가르쳐 준 별

“왔다.”

흰 개가 다시 나타났다. 뒤쪽으로 모습을 드러낸 개들은 스무 마리가 훌쩍 넘어 보였다. 호박씨와 캔그레이트맥스장군이는 긴장을 하며 몸을 바짝 붙였다. 독구도 마찬가지였다. 몸을 낮추고 콧등을 움찔거려 경계했다.

“그렇게 긴장할 거 없어.”

흰 개는 별로 싸울 생각이 없어 보였다.

“나와 봐.”

흰 개의 말에 누렁이 두 마리와 치와와 한 마리가 앞으로 나왔다. 누렁이들은 호박씨 가까이 다가와 엉덩이를 낮추고 뒷다리 한쪽을 들어 올렸다. 찌이익! 쪼르르르! 오줌이 떨어져 내린 땅바닥에 거품이 일었다.

"야, 왜 이래?"

치와와 한 마리는 덫에 걸린 오달고 쪽으로 다가와 쭈우욱 오줌을 싸 버렸다. 포물선을 그리며 날아간 오줌은 오달고의 다리에 맞고 떨어져 내렸다. 오달고는 다리에 묻은 오줌을 털어 내기 바빴다.

"이 냄새를 따라가면 돌들의 정확한 위치를 찾을 수 있을 거야."

흰 개는 조금 전과는 다르게 자신감이 넘쳐 보였다. 호박씨가 땅 위에 흘러내린 오줌에 코를 대고 냄새를 한껏 들이마셨다. 진한 냄새가 어둠 속에 점점이 길을 열어 주었다.

"고마워. 아까 한 약속은 꼭 지킬게."

"고맙긴. 날 구해 준 것에 비하면 아무것도 아니지. 또 부탁할 게 있으면 언제든 찾아. 가까이 있을게."

흰 개가 한동안 독구를 바라봤다. 독구가 경계하는 표정을 짓자 이내 들개 무리를 이끌고 사라져 버렸다.

"후유."

그제야 캔그레이트맥스장군이가 길게 숨을 내쉬며 굳었던 몸을 털어 대었다.

"돌인지 별인지 잘 찾아서 얼른 돌아가라."

독구가 들개들과는 반대 방향으로 움직이며 말했다.

그때, 호박씨가 갑자기 온몸에 경련을 일으키며 마른 숨을 토해내더니 그 자리에 쓰러졌다.

"호박씨, 왜 그래!"

캔그레이트맥스장군이가 달려들어 호박씨의 얼굴을 핥았다. 호박씨는 바닥에 엎드려 계속 헛기침을 했다. 독구가 멈춰 서서 뒤돌아보았다.

"갑자기 왜 이러는 건데?"

캔그레이트맥스장군이가 호박씨의 몸을 주둥이로 밀어 대었다. 호박씨는 힘없이 다시 쓰러졌다. 오랜 시간 산을 달리고, 들개들과 맞서기에는 호박씨의 나이가 너무 많았다.

"독구, 도……도와줘. 할머니를 위해서 네 도움이 꼭 필요해."

호박씨가 숨을 고르며 힘겹게 말했다.

"그 돌이 할머니한테 그렇게 중요한 거야?"

독구가 물었다.

"우리한테도. 할머니랑 가족들이 모두 헤어지게 생겼단 말이야."

호박씨가 독구와 눈을 맞추었다. 독구는 괜히 주위를 두리번거리다가 푯푯! 얼굴을 두세 번 풀어 대었다.

“별 찾을 때까지만이야.”

“정말 고마워. 할머니도 고맙게 생각하실 거야.”

호박씨는 독구의 대답을 듣고는 언제 쓰러졌냐는 듯이 벌떡 일어나 몸을 세차게 털었다.

“괜찮은 거야?”

캔그레이트맥스장군이가 놀라서 물었다.

“그럼, 독구가 함께 간다니까 힘이 난다. 어서 가자.”

“장난이었어?”

캔그레이트맥스장군이의 질문에 호박씨는 그렇다는 듯 고개를 끄덕였다. 독구는 무덤덤한 표정으로 호박씨를 바라봤다. 지금은 견딜 만해도 숲을 한참 동안 헤매야 하는데, 늙은 개에겐 힘든 일이었다.

“나도 있어. 날 까먹은 건 아니지?”

올가미에 걸린 오달고가 버둥거리며 소리쳤다.

“누구……시더라?”

호박씨가 고개를 갸웃거리며 오달고를 쳐다보았다. 캔그레이트맥스장군이도 앞발로 땅만 긁어 대며 모른 척했다. 보다 못한 독구가 다가갔다. 독구는 입을 크게 벌려 오달고의 목 부분을 겨냥했다. 카앙! 올가미의 쇠줄을 힘껏 물자 오달고는 겁을 먹고 오줌을 싸고 말았다.

"가만 좀 있어 봐."

독구가 올가미를 질겅거려 봤지만 끊어지지 않았다. 할 수 없이 쇠줄을 당겨 나뭇가지를 꺾었다. 나무에 묶여 있던 쇠줄이 스르륵 빠져나왔다.

"어쩔 수 없네. 당분간 이러고 다니는 수밖에."

오달고는 목을 거세게 흔들어 댔다. 하지만 목에 걸린 올가미는 풀리지 않았다. 긴 쇠줄을 질질 끌고 다녀야 할 판이었다.

"넌 이제 가고 싶은 곳으로 가."

호박씨는 오달고를 돌아보지도 않고 앞서서 걸었다. 오달고는 멀어지는 개들을 멍하니 바라만 보고 있었다. 오달고 혼자 남았다. 몸을 털고 정신을 가다듬었다.

"가라면 못 갈 줄 알아?"

오달고는 생선 냄새를 찾아 반대 방향으로 천천히 발을 떼었다. 툭! 자기가 밟은 나뭇가지 소리에 놀라 정신없이 앞으로 뛰쳐나갔다.

호박씨 뒤를 독구와 캔그레이트맥스장군이가 따라갔다. 개들이 남겨 둔 냄새 중에서 가장 진하게 풍겨 오는 냄새부터 좇았다. 다행히 그리 멀지 않은 곳이었다. 캔그레이트맥스장군이는 혹시 오달고가 쫓아오나 싶어 자꾸 뒤돌아보았지만 그곳엔 어둠뿐이었다.

호박씨 일행이 처음으로 찾아간 곳은 산 아래 있는 논둑 옆이었다. 땅이 깊이 파인 흔적이 있긴 했지만 돌은 찾을 수 없었다. 사람이 다니는 길옆이라 누군가 벌써 돌을 발견한 것이 틀림없었다.

"다른 곳으로 가 보자."

셋은 최대한 빨리 움직였다. 쉴 새 없이 뛰어 다시 숲으로 올라갔다.

"또 사람이다."

가까운 숲에서 손전등 불빛이 이리저리 흔들리고 있었다. 좀 전에도 숲을 헤매고 다니는 사람들을 보고 멀리 돌아오는 길이었다.

"큰일인데. 이러다 사람들이 먼저 다 찾아내겠어."

캔그레이트맥스장군이가 조급한 마음을 드러냈다.

"아니야, 정말 잘되었어."

호박씨가 입가에 웃음을 보이며 말했다.

"사실은 돌덩이가 정말 값어치가 있을까 하고 걱정했거든. 근데 사람들이 저렇게 밤에도 눈에 불을 켜고 찾아다니는 걸 보면 정말 귀하다는 얘기잖아."

호박씨의 목소리는 살짝 떨리기까지 했다. 지친 몸과 마음에 힘이 될 만한 이야기였다. 셋은 다시 코를 킁킁거리며 힘차게 움직였다.

갑자기 호박씨가 발걸음을 멈추고는 제자리를 뱅뱅 돌며 냄새를 맡기 시작했다. 코를 땅에 처박았다가 공중에 대고 다급하게 벌렁거렸다.

"없어. 냄새를 찾을 수가 없어."

호박씨는 당황했다. 캔그레이트맥스장군이와 독구도 냄새를 좇아 보았지만 역시나 찾지 못했다. 별의 위치를 알려 줄 냄새가 순식간에 사라져 버렸다. 셋은 다시 돌아가지도 못하고, 찾아 나서지도 못한 채 머뭇거리고 있었다.

"여기 그냥 이러고 있을 거야?"

독구가 먼저 입을 열었다.

"흰 개들이 우릴 골탕 먹인 것 같아."

캔그레이트맥스장군이가 분한 듯 콧김을 휙휙 쏟아 내었다. 호박씨는 아무 말 없이 그 자리에 주저앉았다. 어디서부터 다시 시작해야 할지 결정할 수 없었다. 모두 서로 눈치만 볼 뿐 어떤 말도 하지 못했다.

"ㅊㅊㅊㅊ."

그때 낯선 소리와 함께 뭔가 다가왔다. 셋은 서로 몸을 붙이고 주위를 경계했다. ㅊㅊㅊㅊ 소리는 점점 더 크게 들려왔다.

"거봐. 내가 헤매고 있을 줄 알았다니까."

검은 형체는 곧 낯익은 얼굴로 바뀌었다. 오달고가 쇠줄을 질질 끌며 모습을 드러낸 것이다.

"너 계속 우릴 따라온 거야?"

호박씨가 물었다.

"아니, 나도 가고 싶은 곳으로 가는 길이야. 보물 지도를 가지고 있는데 그냥 갈 수 없잖아."

오달고는 치와와의 오줌이 묻은 다리를 흔들어 보였다.

"내가 다른 건 몰라도 냄새를 따라가는 건 자신 있거든."

오달고는 코를 높이 들고 고개를 흔들어 가며 냄새를 맡아 대었다.

"음, 저쪽이군!"

오달고는 나무 뒤편으로 사라져 버렸다. 남은 셋은 어리둥절한 표정으로 서로를 쳐다보았다.

"뭐 하고 있어? 얼른 따라와!"

어둠 너머에서 오달고의 목소리가 들려왔다.

"딱히 네 도움이 필요한 건 아니야."

호박씨는 오달고를 향해 소리치고 자리에서 일어났다.

"알았어. 코가 막힌 할배는 좀 쉬라고. 자, 이쪽이야."

개들은 오달고를 따라 움직였다. 한참 냄새를 따라가다 보니 산을 하나 넘어야 했다. 냄새는 점점 강하게 풍겨 왔다.

비스듬히 낮은 언덕을 내려오니 높다란 갈대숲이 그들 앞을 막아섰다. 오달고는 멈춰 서서 코를 높이 들고 공기 중의 냄새를 맡았다. 반가운 냄새와 기분 나쁜 냄새가 동시에 코끝으로 몰려 들어왔다.

"거의 다 온 것 같아. 갈대숲을 가로지르면 금방이야."

오달고의 목소리가 한껏 들떠 있었다.

"그럼, 어서 가자!"

캔그레이트맥스장군이가 발을 구르며 재촉했다.

"근데 뭔가 강한 기운이……."

호박씨가 땅에 움푹 팬 발자국에 코를 박았다. 무겁고 텁텁한 냄새가 코끝을 찔러 대었다. 발자국은 갈대숲 안으로 길게 이어져 있었다.

"반갑지 않은 것이 가까이에 있는 것 같아. 멀리 돌아가는 게 낫겠어."

호박씨가 갈대숲에서 불어오는 바람을 코로 깊이 들이마셨다.

"그러다 냄새를 잃어버리면 어쩌려고? 우리가 있는데 무슨 걱정이야? 시간 없으니까 그냥 질러가자."

독구가 캔그레이트맥스장군이와 눈을 맞추었다.

"맞아!"

오달고가 호박씨를 쳐다보았다. 고민하던 호박씨가 턱으로 갈대숲을 가리켰다. 오달고는 재빨리 갈대를 헤치며 앞장섰다. 독구가 바로 뒤를 따라가며 주위를 경계했다. 빽빽하던 갈대가 듬성듬성 솟아 있는 곳으로 나오니 땅바닥이 온통 뒤집혀 있었다. 물컹거리는 진흙이 여기저기 엉망으로 흩어져 있었다.

"한바탕 뒹굴고 갔나 보다. 다시 돌아오기 전에 서둘……."

모두가 동시에 움직임을 멈추었다. 갈대를 헤치며 뭔가 다가오는 소리가 들렸기 때문이다. 독구가 귀를 뒤로 젖히며 몸을 잔뜩 웅크렸다. 호박씨와 오달고는 조심스럽게 뒷걸음질쳤다. 갈대를 쓰러트리며 다가오던 상대도 어느 순간 멈춰 섰다. 호박씨 무리와 상대는 갈대 한 뭉치를 경계로 둔 채 서로 눈치를 살폈다. 이윽고 정적이 찾아왔다. 가끔씩 바람이 쏴아아 갈대숲을 흔들어 댈 뿐이었다.

"푸푸."

상대방이 콧소리를 내뿜고는 움직이기 시작했다. 스으윽! 갈대를 젖히며 검고 커다란 얼굴이 슬며시 드러났다. 멧돼지였다. 덩치가 어찌나 큰지 독구가 강아지처럼 보일 정도였다. 주둥이 옆으로 튀어나온 날카로운 이빨이 은빛으로 빛났다. 뒤쪽의 갈대가 흔들리는 걸로 봐서는 한두 마리가 아닌 것 같았다.

"그냥 지나만 갈게."

호박씨가 말했지만, 멧돼지는 대답 없이 코를 벌렁대며 냄새를 맡았다. 개들에게서 인간의 냄새가 나자 더 거칠게 콧김을 뿜으며 땅을 긁어 댔다.

"내 말 잘 들어. 너희들 먼저 물러나. 뒷걸음으로 천천히."

독구가 떨리는 목소리로 말했다.

"그냥 다 같이 돌아……."

"시키는 대로 해!"

독구가 호박씨의 말을 단호하게 끊었다. 그러고는 이빨을 드러내며 멧돼지에게 한 발짝 다가갔다. 호박씨와 개들은 천천히 물러나 갈대숲 뒤로 몸을 숨겼다. 독구가 걱정되어 발길이 잘 떨어지지 않았지만, 일단 지금은 그곳을 벗어나는 게 급선무였다. 숨도 제대로 쉬지 못하고 조심스럽게 움직였다.

"꽤에엑! 푸푸."

별안간 갈대숲 한가운데에서 멧돼지 소리가 들려왔다. 목구멍이 찢어질 듯이 엄청난 소리였다.

"커엉 컹컹!"

우렁차게 독구가 맞서는가 싶더니 갑자기 소리가 뚝 멈추었다.

개들도 제자리에 멈춰 섰다.

잠시 후, 파다닥 츠측 측측측 갈대 쓰러지는 소리가 빠르게 다가왔다. 개들은 깜짝 놀라 몸을 잔뜩 웅크렸다. 갈대가 갈라지며 독구가 튀어나왔다.

"달아나!"

오달고와 호박씨는 어리둥절한 표정으로 눈을 맞추었다. 그때 갈대 사이로 시커먼 멧돼지의 얼굴이 불쑥 나타났다.

"뛰어!"

당황한 개들은 방향을 엇갈려 달리기 시작했다. 뒤도 돌아보지 못하고, 발이 땅에 닿을 새도 없이 도망쳤다.

가까스로 갈대숲을 빠져나왔지만, 땅을 박차는 힘찬 발소리는 멈추지 않고 점점 오달고 쪽으로 다가왔다.

"제기랄! 하필 나야."

오달고는 다리를 더 날쌔게 움직였다. 그러나 얼마 못 가서 멧돼지의 콧김이 오달고 꼬리 위로 쏟아졌다. 순간 오달고는 몸을 돌려 방향을 틀었다. 멧돼지는 오달고를 쫓아 몸을 틀다가 중심을 잃었다. 밤이었지만 뿌연 먼지가 보일 만큼 거칠게 땅바닥을 뒹굴었다. 그사이 오달고는 언덕 위쪽으로 방향을 바꿔 뛰어올랐다. 세상이 한순간 조용해졌고, 귀에는 헉헉대는 숨소리만 들렸다. 그렇게 한참을 달리다 보니 독구와 캔그레이트맥스장군이가 보였다. 그 옆 바닥엔 호박씨가 쓰러진 채 숨을 고르고 있었다.

"이제 그만 뛰어도 돼."

독구가 말했다.

오달고는 숨을 헐떡이며 호박씨 옆에 엎어졌다.

"헉헉! 목에 힘주더니, 겨우 도망치려고 그런 거야?"

오달고가 바닥에 납작하게 엎드려 독구에게 소리쳤다.

"가끔은 도망치는 게 이기는 거야. 누군가 하나는 죽어야 끝날 싸움을 꼭 해야 해?"

독구는 당당했다.

"하지 말아야 할 싸움이었네."

호박씨가 갈대숲을 내려다보며 말했다. 멧돼지가 갈대숲 앞에서 잔뜩 긴장한 채 주위를 두리번거리고 있었다. 조금 뒤, 갈대를 헤치고 나온 새끼들이 엄마의 다리 사이를 뛰어다니며 장난치고 놀았다.

오달고는 거친 숨에 긴 한숨을 보태었다. 지금 여기서 뭐 하고 있지? 오달고는 자기가 한심스러웠다. 검정 구두를 찾아가지도, 할머니 집에서 도망치지도 못하고 있었다. 사실은 어디로 도망치고 싶은지도 몰랐다. 돌을 찾아다니다 멧돼지에게서 도망치고 있는 현실에 한숨만 쏟아졌다.

독구는 벌써 갈대숲을 돌아 저만치 걸어가고 있었다. 호박씨가 독구를 향해 짖어 대며 따라갔다. 독구가 뒤돌아보고 고개를 까닥거렸다. 서두르자는 말이었다.

오달고는 혀를 길게 늘어트리고 갈대숲을 바라보았다. 구름 사이로 나온 달빛에 갈대숲은 파도치는 바다처럼 보였다. 멧돼지 가족은 바다 속으로 뛰어들었다 나왔다 하며 놀고 있었다. 언젠가 검정 구두와 갔던 바다. 또 함께 바다를 볼 수 있을까? 오달고는 혀를 입안에 넣고 침을 꿀꺽 삼켰다. 가쁜 숨이 조금은 잦아들었다. 개들은 저만치 앞서가고 있었다. 호박씨가 멈춰 서서 오달고와 눈을 맞추었다. 개들과 함께 바다를 뛰어놀면 어떨까? 오달고는 다시 개들을 쫓아 뛰었다.

갈대숲을 피해 먼 길로 돌았다. 누구 하나 불평을 하는 개는 없었다. 오달고는 묵묵히 코를 위아래로 움직여 가며 냄새를 쫓았다. 오달고가 멈춰 선 곳에서 산 너머로 홀로 떨어져 있는 농가가 보였다. 산기슭을 따라 움직이다가 메마른 계곡으로 들어섰다. 비가 올 때나 물줄기가 흐르는 곳이었다. 오달고는 작고 커다란 돌들 사이에 코를 박고 움직였다. 그렇게 한참 동안 돌들을 휘젓고 다니더니 갑자기 털썩 주저앉아 버렸다.

"찾았다!"

오달고 바로 앞에는 까만 돌이 있었다. 호박씨는 가까이 다가가 코를 대고 냄새를 맡았다. 분명 TV에서 본 돌과 비슷해 보였다. 수박만 한 크기의 돌은 겉이 불에 그을린 것처럼 검은색을 띠었다.

"잘은 모르지만 뭔가 다른 냄새가 나는 것 같아."

호박씨도 돌 옆에 주저앉았다. 밤새 걷고 뛰고 하느라 힘이 모두 빠져 버린 것이다.

"호박씨, 괜찮아?"

독구가 다가와 물었다.

"그, 그럼, 괜찮고말고. 근데 큰일이다. 이 큰 걸 우리가 어떻게 옮기냐?"

캔그레이트맥스장군이가 입을 벌려 보았지만, 돌은 너무 커서 입에 제대로 물리지도 않았다. 가까스로 물었다가도 무게 때문에 금방 떨어트리고 말았다.

"굴려서 가자."

독구가 주둥이로 돌을 굴렸다. 떼굴, 한 바퀴 구른 돌이 작은 웅덩이 같은 곳에 빠져 버렸다. 한동안 실랑이한 끝에 간신히 밀어 올릴 수 있었다. 그렇게 굴려서 산을 넘어가는 건 불가능해 보였다.

"그러게. 진짜 큰일이네."

어떻게 해야 할지 앞날이 깜깜했다. 지친 개들은 말없이 돌 주위에 하나둘 쓰러지듯 둘러앉았다. 가을 찬바람에 몸을 바르르 떨었다. 누가 먼저 말한 것도 아닌데 개들은 서로 몸을 바짝 붙였다. 캔그레이트맥스장군이가 슬그머니 꼬리를 움직여 떨고 있는 오달고의 몸을 덮어 주었다. 북슬북슬한 털이 몸을 따뜻하게 감싸 주었다. 오달고가 쳐다보자 캔그레이트맥스장군이는 모른 척 고개를 돌렸다.

"캔그레이트맥스장군아! 자면 안 돼. 잠들지 말라고."

호박씨가 말했다.

캔그레이트맥스장군이는 고개를 끄덕였다.

긴 침묵 속에서 개들은 눈만 껌벅거리며 하늘을 쳐다보고 있었다. 구름에 달이 가려졌다 나왔다를 반복했다.

"내 이름은 오달고야! 오줌을 달고 살아서 오달고. 흐흣흣!"

뜬금없이 오달고가 혼자 말하고 웃었다. 멍하니 보던 호박씨가 갑자기 크크크 웃음을 터트렸다. 그러자 캔그레이트맥스장군이와 독구도 웃음을 참지 못했다. 개들은 하늘을 바라보며 한참을 웃어대었다.

구름 사이로 보이는 하늘의 별들은 다시는 떨어지지 않을 것처럼 콕콕 박혀 수줍게 빛나고 있었다.

목장갑과 도사견

웃음이 잦아들자 다시 침묵이 찾아왔다. 돌을 옮겨 갈 방법도 없고, 그렇다고 버리고 돌아갈 수도 없었다. 개들은 돌 주위에 빙 둘러앉았다. 졸음이 쏟아졌다. 캔그레이트맥스장군이의 고개가 점점 밑으로 떨어져 내렸다.

호박씨가 캔그레이트맥스장군이의 앞발을 물었다.

"잠들지 말라고."

"안 잤거든."

둘이 실랑이를 벌일 때였다.

"쉿!"

독구가 벌떡 일어났다. 멀리서 차바퀴가 자갈을 으깨며 두두투둑 굴러가는 소리가 들렸다. 둔탁하고 요란한 엔진음이 귀에 익었다. 독구는 계곡 위쪽으로 뛰어올라 주위를 살폈다. 밭길을 따라 달려오던 트럭 한 대가 길도 아닌 풀숲을 뭉개고 들어가 멈춰 섰다.

"모……목장갑?"

차에서 내린 것은 역시나 목장갑이었다. 한 손에 들린 채찍을 보며 독구는 몸을 움츠렸다. 앞발이 덜덜 떨렸다. 목장갑은 뒷좌석에서 도사견 두 마리를 끌어 내렸다. 덩치는 커도 아직 어린 개들이었다.

"단숨에 처리하고 가자. 잘할 수 있지?"

척! 가볍게 휘두른 채찍 소리에 도사견들은 서로 의지하듯 바짝 달라붙었다. 목장갑은 개들을 데리고 어딘가로 향했다. 독구는 그들이 향하는 곳으로 눈길을 돌려 보았다. 길 끝에 넓은 마당을 가진 농장이 보였다. 마당과 좀 떨어진 곳에 제법 큰 비닐하우스가 있었다. 입구 바로 옆에 놓인 개집에는 밖으로 얼굴만 내민 개 한 마리가 보였다. 비닐하우스를 지키고 있는 것 같았다. 곧 들이닥칠 일은 짐작도 못 한 채 납작하게 엎드려 깊은 잠에 빠져 있었다.

"닭장이다. 닭을 노리고 있어."

독구가 혼자 중얼거렸다.

"누가 닭을 노린다는 거야?"

호박씨와 개들이 다가와 옆에 나란히 엎드렸다. 호박씨는 언덕 아래를 살펴보다가 목장갑과 도사견을 알아보고는 몸이 그대로 굳어 버렸다. 일 년 전, 그날의 기억이 아직도 생생했다. 호박씨는 고개를 땅에 박고는 눈을 질끈 감았다.

목장갑과 도사견들이 닭장으로 다가갔다. 개집에 잠들어 있던 개가 뭔가를 눈치채고 벌떡 일어났다.

"으으으 멍!"

"크르르르."

짧은 짖음은 도사견의 굵고 낮은 목소리에 금방 잦아들었다. 겁을 먹은 개는 낑낑거리며 꼬리를 말고 이내 집 안 깊숙이 들어가 버렸다.

"저 바보 같은 놈."

오달고가 꼬리를 감추고 숨어 버린 개를 향해 중얼거렸다.

호박씨가 갑자기 몸을 일으켰다. 얼굴에는 아무런 표정이 없었지만, 긴장한 듯 목과 다리를 뻣뻣하게 움직였다. 호박씨는 뒤도 돌아보지 않고 농가 쪽으로 달려 내려갔다.

"뭐 하는 거야?"

오달고가 다급하게 물었다.

"호박씨! 가지 마."

독구가 숨죽인 목소리로 호박씨를 불렀지만 소용없었다. 호박씨는 벌써 나무 사이를 내달려 수풀 밑으로 몸을 낮춰 움직이고 있었다. 목장갑과는 반대 방향으로 빙 돌아 뛰었다.

목장갑은 허술하게 잠긴 문고리를 풀어 닭장 문을 조심스럽게 당겼다. 나무 뼈대에 비닐만 덮은 문이 가볍게 열렸다. 닭장 안에는 수십 마리의 닭이 바닥에 몸을 움츠리고 잠들어 있었다. 목장갑은 도사견들을 안으로 집어넣었다.

"푸드득 푸덕!"

요란한 날갯짓 소리와 함께 열린 문틈으로 닭들이 뛰쳐나왔다.

"머엉! 컹! 컹!"

그사이 호박씨는 농가 마당으로 뛰어 들어가 시끄럽게 짖어 대었다. 방에 불이 들어오더니 어둡던 마당이 환하게 밝아졌다. 문을 열고 나오는 사람을 향해 호박씨가 더 크게 짖었다. 잠이 덜 깬 농장 주인은 낯선 개를 보고도 무슨 일인지 몰라 연방 눈을 비볐다.

호박씨는 농장 주인과 눈을 맞추고 닭장을 향해 뛰었다. 열려 있는 비닐하우스 문 사이로 닭들이 계속 쏟아져 나왔다. 뭔가 잘못된 걸 알아챈 농장 주인이 신발을 꾸겨 신으며 호박씨를 쫓아왔다. 그제야 개집에 숨어 있던 개도 밖으로 나와 목줄이 끊어질 듯 뛰어오르며 짖었다.

"거기 누구요?"

농장 주인이 다가오자 목장갑은 급하게 도사견을 불러냈다. 비닐하우스 뒤편으로 달아나려는 목장갑의 바짓가랑이를 호박씨가 물고 늘어졌다.

"뭐야, 이 새끼는!"

목장갑이 발을 털어 호박씨를 떼어 낸 뒤 힘껏 발길질을 날렸다. 헛발질에 신발 한 짝이 날아가 달려오는 농장 주인 앞에 떨어졌다. 목장갑은 머뭇거리다 닭장을 빠져나온 도사견 한 마리와 뒤편 숲으로 달아났다. 농장 주인은 비닐하우스 안으로 서둘러 들어갔다. 바닥 여기저기에 닭들이 널브러져 있었고, 구석에서 도사견 한 마리가 닭을 물고 흔들어 대고 있었다.

호박씨도 비닐하우스 뒤편으로 도망쳐 목장갑과는 다른 방향으로 뛰었다. 비스듬한 언덕에 올라서서 농장을 내려다보았다. 그새 늘어난 농장 사람들이 웅성거리는 소리가 들리고, 손전등 불빛이 닭들을 쫓아 이리저리 바쁘게 움직였다.

"후유."

긴 숨을 내쉬며 호박씨가 다시 움직이려 할 때였다.

"커르릉."

호박씨 앞을 막아선 것은 독구였다. 뒤편에 캔그레이트맥스장군이도 보였다. 독구는 낮은 울림소리를 멈추지 않고 호박씨를 노려보았다.

"너, 그 사람이 얼마나 무서운지 몰라?"

독구가 걱정스런 목소리로 말했다. 대답 없이 길게 혀를 내밀고 헐떡이고만 있던 호박씨가 독구와 눈을 맞추었다.

"알지, 잘 알지. 일 년 전에 그때 말이야. 나, 너무……."

일 년 전이면 독구가 할머니 집 닭장에 들어갔던 때를 말하는 것 같았다. 독구가 슬그머니 꼬리를 내렸다.

"나, 너무 무서워서 숨어 있었거든. 할머니를 지켜 드린다며 우쭐해서 떠들고 다니다가 정말 필요할 때 할머니도, 암탉도, 개닭이도…… 아무도 지키지 못하고 혼자 숨어 있었거든."

호박씨가 고개를 떨구었다. 독구는 푸푸 콧소리를 내고는 앞발로 자신의 얼굴을 계속 쓸어내리더니 호박씨의 몸을 툭 건드렸다.

그때였다. 카앙카앙! 날카로운 소리가 언덕 너머에서 들려왔다.

"오달고다!"

운석을 지키라고 남겨 두고 온 오달고에게 무슨 일이 생긴 것 같았다. 셋은 다급히 뛰어갔다.

"커르릉."

도사견이 오달고를 향해 몸을 바짝 웅크린 채 목장갑의 명령이 떨어지기만 기다리고 있었다. 운석 위에 올라선 오달고는 달아나지도 못하고 카앙카앙 울어 댈 뿐이었다. 손전등 불빛이 오달고를 지나쳐 주위를 훑더니 다시 오달고에게 멈추었다. 그러고는 오달고가 깔고 앉은 돌을 한동안 비추었다.

돌들이 달각달각 부딪치는 소리가 들리더니 이내 호박씨와 개들이 불빛 안으로 쑥 들어왔다. 불빛은 독구를 위아래로 훑어보고는 설핏 흔들렸다.

"물어!"

목장갑의 명령이 떨어지기 무섭게 웅크리고 있던 도사견이 달려들었다. 독구도 뛰쳐나왔다. 덤벼 오는 도사견을 재빨리 피하며 목덜미를 정확히 공격했다.

"컥!"

목이 물린 개는 꼼짝도 못 하고 늘어져서는 앞발을 부르르 떨었다.

"깨갱 깽!"

어린 도사견은 독구의 상대가 되지 못했다. 담담히 그 모습을 지켜보던 목장갑이 채찍으로 바닥을 내려치며 다가왔다.

"독구야, 너 독구 맞지?"

좌악! 쉐이익! 채찍이 허공을 가를 때마다 독구의 몸이 움찔거렸다.

"이 소리 아직 기억하지?"

채찍이 살을 찢던 고통이 그대로 되살아나는 듯했다. 물고 있던 개를 놓아주고 뒷걸음질치던 독구의 몸이 점점 낮아졌다.

"독구, 너 이젠 제법 쓸 만한데? 나랑 함께 돌아가자! 그 전에 다시는 잊지 못하게 단단히 가르쳐 줄 게 있지."

목장갑은 채찍을 높이 들어 올렸다.

"내가 누구인지 말이야."

채찍이 독구의 등을 세차게 휘감았다. 깨갱! 비명이 터져 나왔다. 채찍이 연거푸 날아오자 독구는 그대로 바닥에 주저앉았다. 한 발자국도 움직일 수가 없었다.

"내가 바로 너의 주인이야."

목장갑이 다시 채찍을 힘껏 들어 올리자 보다 못한 호박씨가 덤벼들었다. 독구를 향하던 채찍이 호박씨의 몸을 사정없이 때렸다. 호박씨는 옆으로 나가떨어졌다. 목장갑이 또 채찍을 날렸다.

"깨갱!"

호박씨가 울음을 토해 내면서 고통스러운 듯이 바닥을 기었다. 오달고는 벌벌 떨며 운석 뒤로 몸을 숨겼다. 깽 깨앵! 다시 비명과 울음이 터져 나오는 순간, 캔그레이트맥스장군이가 자리에서 일어났다. 눈빛이 달라져 있었다. 치켜든 입술 아래로 날카로운 이빨이 드러났다. 목장갑이 채찍을 들자 뒷발로 힘껏 땅을 박차고 뛰어올랐다.

"커엉!"

목장갑의 손목이 꺾이며 몸이 뒤로 휙 넘어가 버렸다. 캔그레이트맥스장군이가 목장갑의 손을 물고 빠르게 고개를 흔들어 대었다.

"아앗!"

목장갑이 고통에 몸부림치며 채찍을 떨어트렸다. 바닥에 드러누운 목장갑의 눈앞에 캔그레이트맥스장군이의 이빨이 불쑥 다가왔다. 분홍빛 잇몸을 다 드러낸 이빨은 송곳처럼 단단하고 뾰족했다. 목장갑은 숨도 못 쉬고 얼어 버렸다. 뻣뻣해진 몸으로 바닥을 기어가다 벌떡 일어나 뒤도 돌아보지 않고 달아났다. 다급한 발자국 소리가 멈추더니 차에 시동이 걸렸다. 트럭이 붉은빛의 긴 꼬리를 남기며 멀어져 갔다. 미처 트럭에 타지 못한 도사견이 빛을 쫓아가며 왕왕 짖어 대었다.

개들은 숨을 거칠게 쉬며 한곳으로 모였다. 지친 몸을 서로 기대어 체온을 나눴다. 괜찮냐고 물어볼 필요도 없었다. 캔그레이트맥스장군이가 말없이 독구와 호박씨가 다친 곳을 긴 혀로 쓰다듬어 주었다.

"어떻게 해야 하지?"

오달고였다.

"할머니를 데려올까? 지난번처럼 계속 날 따라오게 만들면 되잖아!"

오달고가 운석 위에 올라서서 말했다.

"다리도 불편한 할머니가 여기까지 오긴 힘들어."

호박씨가 멀리 하늘을 보며 긴 한숨을 내쉬었다.

까맣던 하늘에 푸른빛이 감돌면서 산등성이가 조금씩 모습을 드러내고 있었다. 개들은 그저 먼 산만 바라보며 시간을 보냈다.

"두두두둑."

목장갑의 트럭 소리가 분명했다. 목장갑이 다시 돌아오다니! 긴장한 개들이 몸을 일으켜 어리둥절한 눈으로 주위를 둘러봤다. 트럭에서 내린 목장갑은 커다란 도사견 두 마리를 앞세우고 허겁지겁 다가왔다. 얼굴이 빨갛게 달아올라서 숨을 헐떡였다. 신발을 갈아 신을 새도 없었는지 여전히 한 짝만 신고 있었다.

이번에 나타난 개들은 어린 도사견들과는 덩치부터 달랐다. 캔그레이트맥스장군이만큼 큰 덩치에 울퉁불퉁한 근육 덩어리였다. 도사견들은 금방이라도 덤벼들 듯 앞으로 튀어 올랐다. 목장갑이 손에 쥔 줄이 아슬아슬 버티고 있었다. 그중에 한 마리는 '챔피언'이었다. 독구는 챔피언을 알아보고는 뒷걸음질쳤다.

"챔피언, 앉아!"

목장갑의 명령에 챔피언이 자리에 앉았다. 고개를 거칠게 흔들면서 입으로 흘러내리는 침을 털어 내었다. 다른 도사견도 옆에 붙어 앉았다.

"독구야, 내가 확인할 게 있어서. 그 돌 좀 잠깐만 볼 수 있을까?"

목장갑의 손전등 불빛이 운석 앞에서 멈추었다. 개들은 몸을 바짝 붙여 빛을 가렸다.

"공격!"

챔피언이 튕겨져 나왔다. 재빠른 동작으로 앞을 막아서는 독구의 얼굴을 챔피언이 커다란 앞발로 강하게 내려쳤다. 옆으로 굴러떨어지면서 독구가 깨갱 비명을 토해 냈다. 캔그레이트맥스장군이가 옆에서 공격해 봤지만 도사견은 틈을 주지 않고 달려들어 어깨를 물고 반대편으로 내동댕이쳤다. 챔피언은 앞발로 바닥을 긁어가며 상대들이 정신을 가다듬기를 기다렸다. 그때 다른 도사견도 달려들었다.

"뛰어!"

호박씨와 오달고는 도망치는 것 말고는 할 수 있는 게 없었다. 터덕터덕 도사견이 쫓아왔다. 발자국 소리는 무겁고 둔탁했지만 속도는 결코 느리지 않았다. 성큼성큼 넓은 보폭으로 어느새 오달고 바로 뒤까지 쫓아왔다.

호박씨와 오달고는 가시넝쿨 무더기를 발견하고 그 안으로 몸을 던졌다. 작은 덩치여서 넝쿨 틈새 안쪽으로 피할 수 있었다. 도사견은 앞발을 넝쿨 속에 집어넣고 휘저었다. 얼굴과 발등을 가시가 찔러 대었다. 볼을 타고 피가 흘러내렸지만, 도사견은 아픔을 느끼지 못하는 것 같았다. 금방이라도 넝쿨을 다 뜯어 버릴 듯이 밀어붙였다.

"날 쫓아오는 사이에 넌 다른 곳으로 뛰어."

호박씨가 휘청거리며 몸을 일으켰다. 금방이라도 숨이 넘어갈 듯이 혀를 내밀고 헐떡거렸다. 얼마 못 갈 것 같았다. 오달고는 망설였다. 할배보다는 자기가 뛰어나가야 했지만 용기가 나지 않았다. 후들거리는 다리론 얼마 가지 못하고 잡힐 게 뻔했다.

"간다."

호박씨가 뛰쳐나가려는 순간, 오달고가 먼저 달려 나갔다. 도사견은 오달고를 쫓아 몸을 돌려 민첩하게 뛰어올랐다.

"갈대숲으로 가!"

호박씨가 소리쳤다. 오달고는 재빠르게 방향을 바꿔 갈대숲으로 달렸다. 도사견도 순발력 있게 몸을 틀었다. 갈대숲에 몸을 던진 오달고는 갈대 사이를 이리저리 비집고 달렸다. 도사견은 덩치 때문에 갈대를 넘어트리며 쫓아왔다. 그래도 속도는 크게 줄지 않았다. 촤악 싸악싹싹! 갈대가 넘어지는 소리에 오달고 숨이 목구멍까지 차올랐다. 그런 상황에서도 오달고의 콧속으로 다른 강한 냄새가 들어왔다. 아! 갑자기 떠오르는 생각에 급히 방향을 돌렸다.

순간, 튀어 오른 도사견이 오달고 앞을 턱 막아섰다. 오달고는 그 자리에 털썩 주저앉고 말았다. 더 이상 뛸 힘도 없었다. 도사견이 숨을 몰아쉬었다.

그때 갈대를 가르는 소리가 들렸다. 갈내 사이로 아기 멧돼지들이 나타났다가 도사견을 보고는 얼른 도망쳤다. 도사견이 움찔하더니 코를 허공에 들고 냄새를 맡았다.

좌아아아! 뒤이어 갈대를 짓밟으며 달리는 소리가 밀려왔다.

"퍽!"

"깨애엥!"

순식간이었다. 어미 멧돼지가 도사견의 옆구리를 세차게 받아버렸다. 짧게 비명을 내지른 도사견의 몸이 갈대 위로 솟구쳐 올랐다가 멀리 나가떨어졌다. 멧돼지는 멈추지 않고 그곳으로 뛰어갔다. 호박씨가 왜 갈대숲으로 뛰라고 했는지 그제야 알 것 같았다. 오달고는 재빨리 다른 방향으로 도망쳤다.

한편, 간신히 몸을 일으킨 독구는 틈을 주지 않는 챔피언의 공격에 다리를 물리고 말았다. 카항! 비명과 함께 몸을 비틀어 빠져나왔지만 넓적다리에서 피가 튀어 흩어졌다. 챔피언은 휘청거리는 독구의 목을 겨냥하며 곧장 달려들었다.

퍼억! 그 순간, 캔그레이트맥스장군이가 챔피언의 몸을 머리로 받아 버렸다. 옆으로 굴러떨어진 챔피언이 금방 자세를 바로잡았다. 챔피언도 긴장한 듯 자세를 낮추고 천천히 상대를 살폈다. 독구와 캔그레이트맥스장군이는 벅찬 상대와 맞서고 있었다. 상대는 싸울수록 더 사납게 변해 갔다.

"헉헉! 기회를 봐서 정확히 목을 노려."

독구가 캔그레이트맥스장군이와 눈을 마주치며 말했다. 그러고는 거세게 챔피언에게 덤벼들었다. 정직한 공격에 당할 도사견이 아니었다. 살짝 몸을 피하더니 독구의 뒷다리를 사정없이 물었다. 송곳니가 다시 넓적다리를 뚫고 들어왔다. 독구는 고통에 몸부림을 치면서도 챔피언의 뒷다리를 깨물었다. 둘은 서로 물고 물린 채 꼼짝도 못 하고 있었다.

'지금!'

독구와 눈이 마주친 캔그레이트맥스장군이가 달려들어 챔피언의 목을 물었다. 질긴 고무처럼 단단했다. 챔피언이 목 근육에 힘을 주자 이빨이 튕겨져 나왔다. 다시 목 아랫부분을 물었다. 그제야 이빨이 피부로 파고들었다.

캔그레이트맥스장군이는 입을 꽉 다물고 고개를 세차게 흔들었다. 비릿한 피 냄새가 콧속으로 밀려왔다. 이쯤이면 챔피언도 물러설 만했다. 하지만 아픔 따위는 잊어버린 듯 입을 풀지 않았다. 챔피언이 몸을 비틀어 힘을 주는 바람에 셋은 바닥을 떼구르 굴렀다. 캔그레이트맥스장군이가 도사견 밑에 깔렸다. 누군가 죽어 나가야 싸움이 끝날 것 같았다.

오달고가 다시 돌아왔을 때, 세 마리의 개는 서로 엉켜 제대로 움직이지 못하고 있었다. 제일 고통스러워 보이는 건 독구였다. 독구는 살점이 떨어져 나가는 고통에 울부짖었다. 독구의 눈동자가 위쪽으로 뒤집혀 갔다. 몸이 파르르 경련을 일으켰다.

"풀어 줘!"

오달고는 챔피언의 어깨를 물고 늘어졌다. 캔그레이트맥스장군이도 더 강하게 목을 흔들었다. 하지만 도사견은 힘없이 늘어지는 독구를 풀어 줄 생각이 없어 보였다. 끝을 보려고 했다.

"풀어 줘!"

오달고가 울부짖으며 물어 대었다. 단단하고 억센 근육은 제대로 물리지도 않았다. 챔피언은 눈이 빨개진 채 이빨에 더욱 힘을 줬다. 독구의 입이 벌어지면서 몸이 천천히 까라졌다.

"안 돼. 안 돼. 그만 풀어 줘!"

오달고가 소리쳤다.

"타닥타닥."

그때 목장갑이 뭔가를 품에 감싸 안고 서둘러 트럭 쪽으로 뛰어갔다. 목장갑이 사라지자 꿈쩍도 않던 챔피언이 조금씩 흔들리기 시작했다. 독구를 입에 문 채 눈동자를 굴려 주위를 둘러봤다. 목장갑을 찾는 것 같았다. 어디에도 목장갑이 보이지 않자 당황한 듯 눈을 깜박이더니, 서서히 입을 벌려 독구를 풀어 주었다.

"끄으응 깨앵."

챔피언은 자기를 물고 있는 개들은 신경 쓰지도 않고, 주위를 두리번거리며 울어 대었다. 불타오르던 눈빛은 어디 가고, 금방 겁먹은 아기처럼 목장갑을 찾아 헤맸다. 챔피언은 다른 개들을 떼어 내고 목장갑이 사라진 곳으로 뛰어갔다.

"독구야, 괜찮아?"

오달고가 땅바닥에 늘어진 독구에게 달려가 피가 나는 곳을 혀로 핥아 주었다.

"괘……괜찮아. 예전엔 매일 이렇게 물리고 살았거든."

독구는 기침을 컥컥 토해 내더니 기운 없이 앞발을 들어 올렸다. 그러나 운석이 사라지고 없었다. 목장갑이 가져간 것이다.

목장갑은 운석을 가슴에 꼭 안고 뛰었다. 비록 손전등 불빛 아래서 확인한 것이지만 다른 돌들과는 뭔가 달랐다. 요즘 한창 뉴스나 TV에서 난리 난 운석이 분명해 보였다. 돌 자체의 무게도 있지만, 운석에 대한 기대로 손과 발이 덜덜 떨려 왔다. 자꾸만 발을 헛디뎌 휘청거리면서도 입가의 웃음은 지울 수 없었다. 멀리서 도사견이 짖으며 따라오는 소리가 들렸다.

"개 같은 거……."

목장갑은 빨리 집으로 돌아갈 생각뿐이었다. 이제 개 같은 건 어찌 되든 상관없었다. 운석만 있다면 뭐든 할 수 있었다. 가을걷이를 끝낸 고구마 밭은 울퉁불퉁 거친 흙바닥이었다. 서두르던 목장갑은 걷어 놓은 고구마 줄기에 발이 걸려 앞으로 고꾸라졌다.

떼구르르! 목장갑은 그만 운석을 떨어트리고 말았다. 벌떡 일어나려고 했지만 몸 위로 뛰어오르는 챔피언 때문에 일어설 수 없었다.

"앉아. 앉아!"

큰 소리로 명령을 남기고서야 챔피언은 얌전해졌다. 목장갑은 얼른 일어나 손전등을 비추어 바닥을 훑었다. 뽑아서 한곳에 모아 놓은 고구마 줄기만 있을 뿐 운석은 어디에도 보이지 않았다. 한참 동안 어둠을 빠르게 휘저은 뒤에야 저만치 떨어져 있는 운석을 찾아냈다. 손전등 불빛을 운석에 고정하고 다가가던 목장갑이 우뚝 멈춰 섰다.

캔그레이트맥스장군이가 불빛 안으로 들어와 이빨을 드러내었다. 그 뒤에는 오달고와 독구가 있었다.

"커르르르."

챔피언이 나서서 위협했지만, 이번에는 셋 다 쉽게 물러서지 않았다.

"챔피언 공격!"

웅크리고 있다가 뛰어오르려던 챔피언이 멈칫거렸다. 운석 주위로 개들이 자꾸만 늘어 갔다. 흰 개와 들개들 사이에 호박씨의 얼굴이 보였다. 이내 스무 마리 정도의 들개들이 운석 앞을 지키고 앉았다. 아무리 챔피언이라도 그곳으로 뛰어들지는 못했다.

"이것들이! 진짜 무서운 게 뭔지 보여 주지."

목장갑은 트럭으로 달려가 조수석에서 기다란 나무 막대 같은 것을 꺼내 왔다. 엽총이었다. 목장갑은 엽총을 하늘로 겨누었다.

"탕!"

불꽃이 일며 커다란 총소리가 새벽하늘에 울려 퍼졌다.

"깨앵!"

놀란 개들이 엉거주춤하며 불빛 밖으로 흩어졌다.

"별것도 아닌 놈들이."

목장갑이 운석 쪽으로 다가가자 개들이 다시 모여들며 으르렁거렸다.

"이것들이 어디 사람을 위협해!"

목장갑이 제일 앞에 있는 호박씨를 향해 총을 겨누었다. 숨을 멈추고 집게손가락을 꺾어 방아쇠를 당겼다.

"탕!"

총소리가 울린 동시에 목장갑의 몸이 뒤로 넘어갔다. 독구가 달려들어 목장갑의 팔을 문 것이다. 총알은 허공으로 날아가고 총은 바닥에 떨어져 뒹굴었다. 챔피언이 목장갑을 구하기 위해 앞으로 나섰지만, 여러 마리의 들개가 한꺼번에 달려들어 위협하자 주춤거리며 물러섰다. 독구는 총을 찾으려고 바닥을 더듬거리는 목장갑의 손을 물고 거칠게 흔들어 대었다. 들개들도 한꺼번에 덤벼들었다.

"아아 아!"

목장갑은 미친듯이 온몸을 털어 개들을 떼어 낸 뒤 비틀거리며 트럭 쪽으로 도망쳤다. 챔피언이 트럭 짐칸에 뛰어오르고, 목장갑이 트럭 운전석 문을 여는 순간이었다. 여러 개의 손전등 불빛이 목장갑의 얼굴을 비추었다. 농장 주인과 몇몇 사람이 총소리를 듣고 쫓아온 것이다. 불빛 하나가 목장갑을 위아래로 훑더니 양말만

신은 발에서 멈추었다.

"이봐요, 당신 아까……."

농장 주인의 손에는 목장갑의 운동화 한 짝이 들려 있었다. 목장갑은 얼른 차에 올라타 시동을 걸었다. 위협하듯이 덜컹이던 트럭은 이내 사람들을 뚫고서 허둥지둥 멀어져 갔다. 트럭을 쫓던 사람들도 얼마 가지 못해 포기하고 말았다. 트럭이 사라지자 사람들도 농가로 돌아갔다.

무슨 일이 있었냐는 듯 주위는 금방 잠잠해졌다. 하늘의 파란빛이 선명하게 보일 정도로 날이 밝아 있었다.

"휴!"

개들은 운석 주위에 빙 둘러 엎드렸다. 들개들도 돌아가지 않고 독구를 따라 모두 엎드렸다.

"호박씨, 네가 들개들을 데려온 거야?"

오달고가 물었다.

"아니, 마침 계속 가까이에 있더라고."

"우릴 따라다닌 건가?"

캔그레이트맥스장군이가 흰 개를 보며 물었다.

"응, 새로운 대장을 따르는 게 들개들의 본성이야."

흰 개가 말했다.

"새로운 대장이 누군데?"

호박씨가 물어보자 흰 개는 독구를 쳐다보았다. 독구는 벌떡 일어나 어리둥절한 표정으로 들개들을 둘러보았다. 들개들도 벌떡 일어났다.

"도와준 건 고마운데, 난 대장 같은 거 할 생각 없어."

독구가 바닥에 철퍼덕 엎드렸다. 들개들도 모두 따라 누워 버렸다. 당황한 독구가 몸을 일으키자 들개들도 다시 일어났다.

"그만 가라고!"

독구가 소리쳤다.

"대장이 가라면 가야지. 언제든 불러. 가까이 있을게."

들개들은 흰 개를 따라 금방 사라졌다. 다시 네 마리만 남았다.

"호박씨, 이제 그만 우리도 집에 돌아가자. 할머니가 걱정하실 거야."

캔그레이트맥스장군이가 호박씨를 쳐다보았다.

"어떻게 해야 할지 나도 잘 모르겠어. 할머니라면 어떻게 할까?"

호박씨는 할머니를 떠올렸다.

"할머니!"

혼자 중얼거리던 호박씨가 반쯤 감겨 있던 눈을 반짝이며 일어섰다.

"그래, 할머니는 가족을 위한 일을 절대 포기하지 않을 거야. 이번엔 우리가 기다려 보자. 뭔가 방법이 생길 거야."

별을 지키는 아이들

차가운 아침 안개를 뚫고 경찰차가 농장으로 급하게 들어섰다. 비닐하우스 안에는 닭 여러 마리가 목을 물린 채 널브러져 있었다. 경찰은 닭장 한쪽에 묶여 벌벌 떨고 있는 도사견에게 조심스럽게 다가갔다. 어린 도사견은 경찰이 내민 손이 무서워 몸을 더 바짝 웅크렸다. 경찰은 도사견의 입에 닭 털과 피가 묻은 것을 확인했다.

"트럭 번호입니다. 새벽에 실랑이를 벌이다 결국 놓쳤네요. 저희가 증거가 될 만한 신발이랑 총도 찾아 놨습니다. 처음 보는 개들이 시끄럽게 짖어 대서 그나마 피해가 적었어요. 그 덕에 증거도 찾을 수 있었고요."

농장 주인이 말했다.

"개들이요?"

"네, 저기 언덕 너머 밭에 가 보면 아직 그 녀석들이 있을 겁니다. 개들이 하고 있는 꼴을 보면 웃기지도 않아요."

산기슭을 따라 늘어선 고구마 밭 한쪽에 개들이 몰려 앉아 있었다. 가을걷이를 끝내고 뽑아낸 고구마 줄기가 개들의 뒤쪽에 소복이 쌓여 있었다. 오달고가 돌 위에 있고 그 주변을 호박씨와 캔그레이트맥스장군이, 그리고 독구가 빙 둘러앉았다.

이른 아침이었지만 벌써 서너 명의 사람들이 길가에 서서 개들을 구경했다. 운석을 찾아온 낯선 사람들로 시골 산은 아침부터 소란스러웠다.

"어떡하지? 이대로 있다가는 사람들이 우릴 다 잡아가고, 돌도 빼앗아 갈 거야!"

오달고가 사람들을 보며 말했다.

"지금은 그냥 지키고 있을 수밖에."

호박씨가 대답했다.

사람들은 돌을 지키는 개들이 신기한 듯 가까이 다가와서 관심을 보였다.

"저거 혹시……, 운석 아냐?"

누군가 오달고가 깔고 앉은 돌을 가리키며 눈을 깜박였다.

"진짜 그런 거 같은데."

야구 모자를 눌러쓴 사람이 더 자세히 보기 위해 고구마 밭 안으로 들어왔다. 모른 척하고 있던 독구가 갑자기 하얀 이빨을 드러내며 달려들었다. 야구 모자를 쓴 사람은 깜짝 놀라서 모자까지 떨어트리고 도망쳤다. 독구는 모자를 물고 거칠게 흔들어 대며 가까이 오지 말라고 경고했다.

처음엔 재밌는 구경거리라 생각하던 사람들이 운석을 알아보고는 눈빛이 달라졌다. 모자를 잃어버린 사람이 이번엔 손을 뒤로 감추고 천천히 다가왔다. 캔그레이트맥스장군이가 앞을 막아서자 감추고 있던 손을 높이 쳐들었다. 손에는 제법 큰 돌이 들려 있었다.

"저리 비켜! 이 자식들아."

"끄으응."

캔그레이트맥스장군이는 깜짝 놀라 그 자리에 풀썩 주저앉았다. 사람 손에 들린 돌을 본 순간, 언젠가 겪었던 고통스러운 기억이 스치듯 떠올랐다. 캔그레이트맥스장군이는 꼼짝도 못 하고 몸을 부들부들 떨었다.

퍽! 날아온 돌이 캔그레이트맥스장군이의 머리에 맞았다. 빗맞았어도 고통이 따랐고, 거기에 정신적인 충격이 더해져 머리가 멍해졌다. 캔그레이트맥스장군이는 주춤주춤 뒤로 물러서다 몸을 휘청였다.

호박씨가 괜찮은지 묻자 캔그레이트맥스장군이는 잠깐 쉬겠다면서 그 자리에 쓰러져 기절한 듯 잠들어 버렸다.

독구가 돌을 던진 사람에게 달려들어 멀리 쫓아냈다.

"저기 또 온다."

이번엔 다른 사람이 커다란 나무 막대기를 들고 다가왔다. 눈빛이 달라진 사람들은 쉽게 물러날 것 같지 않았다.

"카아항 카아앙, 컹컹 컹!"

사람이 막대기를 마구 휘두르자 독구가 커다란 목소리로 울어 대었다. 그러자 기다렸다는 듯이 숲속에서 흰 개와 들개들이 줄줄이 따라 나왔다. 들개들은 사람을 내쫓고 돌 주위로 몰려들었다.

"대장이 부르면 언제든지 달려온다고 했죠?"

흰 개가 독구에게 말했다.

스무 마리의 들개들까지 돌 주위에 빙 둘러앉았다. 사람들은 이제 쉽게 다가오지 못했다. 들개들이 없었다면 돌을 사람들에게 빼앗기고 말았을 것이다. 개들이 몰려오자 사람들도 조금씩 늘어났다. 그나마 다행인 것은 사람이 점점 몰려들수록 대놓고 돌을 빼앗으려 들지 못하고 서로 눈치만 살피는 거였다.

"어때? 괜찮아?"

독구가 캔그레이트맥스장군이를 살피던 호박씨에게 물었다.

"머리에 혹이 생겼는데, 숨은 고르게 잘 쉬는 것 같아."

캔그레이트맥스장군이는 꿈이라도 꾸는지 연신 발을 굴러 대었다. 기절한 김에 코까지 골며 밤새 못 잔 잠을 자는 것 같았다.

사람들은 사진을 찍기도 하고, 다른 사람에게 전화를 걸어 재밌는 소식이라며 이 상황을 전하기도 했다. 소문은 빠르게 번져 나갔다. 운석을 찾아 산을 헤매던 사람들은 좋은 구경거리가 생긴 듯 하나둘 모여들었다. 그 소식은 마침 운석을 취재하러 왔던 방송국에도 전해졌다.

좁은 흙길로 무거운 카메라 장비를 실은 방송국 차가 나타났다. 운석이 한창 사람들의 관심을 끌고 있는 시기에 이런 재밌는 기삿거리를 놓칠 리가 없었다. 개들에게는 카메라가 있다는 게 오히려 안심이었다. 카메라 앞에서 운석을 빼앗아 갈 사람은 아무도 없었다.

날이 밝은데도 조명이 켜지고, 카메라 플래시가 터지기 시작했다. 여러 방송국의 카메라들이 개들을 배경으로 한 생생한 뉴스를 전국에 내보냈다. 호박씨와 캔그레이트맥스장군이, 오달고, 독구 그리고 들개들의 모습은 TV와 인터넷을 통해 삽시간에 퍼졌다.

"도대체 무슨 일이 생긴 거야?"

호박씨는 자꾸만 몰려드는 사람들을 보며 조금 당황했다.

"몰라. 지금 할 수 있는 일은 최선을 다해서 돌을 지키는 거야."

독구가 말했다.

호박씨와 오달고는 고개를 끄덕이며 눈에 힘을 주었다. 들개들은 반짝이는 눈으로 독구를 뚫어지게 바라보았다.

시간이 갈수록 사람들이 더 많아졌다. 관심이 커질수록 개들은 긴장감이 쌓여 점점 지쳐 갔다. 그런 개들을 위해 물과 음식을 가져다주는 사람도 있었다. 잠드는 약이 들었을지도 모른다는 호박씨의 말에 개들은 그마저도 먹지 못했다.

"개들을 잡읍시다."

누군가 신고를 했는지 119 대원들이 그물을 들고 나타났다. 모여 있던 몇몇 사람들이 대원들을 막아섰다.

"목줄을 달고 있는 개도 있네."

"개 주인이 나타날 때까지 좀 기다려 줘요."

사람들이 이곳저곳에서 소리쳤다. 방송국 사람들도 이런 화젯거리를 손쉽게 끝내고 싶은 마음이 없었다. 119 대원들은 일단 시간을 가지고 지켜보기로 했다.

개들이 유명해지는 데는 그리 오랜 시간이 걸리지 않았다. '별을 지키는 아이들'이라는 근사한 수식어가 붙은 개들 이야기는 사람들의 입에 쉴 새 없이 오르내렸다.

"제가 저 개의 주인입니다."

그렇게 점심때가 지나갈 무렵, 자기가 개의 주인이라며 나타나는 사람들이 속속 생겨났다.

"나야, 네 주인이야. 나 기억하지?"

커다란 뼈다귀를 흔들면서 독구에게 다가오는 사람이 있었다. 하루 종일 굶은 개들은 코를 벌렁거리며 냄새를 맡았다.

"그래, 멍멍아. 운석 가지고 얼른 집에 가자."

뼈다귀를 든 사람이 섬섬 운석 가까이로 다가왔다.

"누구야? 아는 사람이야?"

호박씨가 독구에게 물었다.

"알 리가 없지."

독구는 그 사람이 가까이 다가오도록 가만히 쳐다만 보았다.

"그래, 착하지. 멍멍아!"

"커엉 컹!"

그 사람은 살며시 손을 내밀었다가 독구가 갑자기 달려들자 뒤로 벌러덩 넘어져 엉덩방아를 찧고 말았다. 이곳저곳에서 웃음이 터져 나왔다.

그 뒤로도 주인이랍시고 나타난 사람들은 하나같이 개들에게 물릴 뻔한 뒤 부리나케 도망쳤다. 진짜 개들의 주인이 나타날지 사람들의 관심이 쏠리기 시작했다.

"제가 오달고의 주인입니다."

그때 누군가 오달고의 이름을 부르며 나타났다. 빛나는 검정색 구두에 새 양복까지 차려입은 사람은 바로 '검정 구두'였다. 그는 카메라 앞에 오달고와 함께 찍은 사진을 보여 주며, 자신이 주인이라고 소리쳤다.

"제가 얼마 전에 실수로 잃어버린 개가 바로 저기 돌 위에 앉은 오달고입니다. 오달고의 주인은 바로 접니다. 그러니까 오달고가 발견한 저 돌의 주인도 바로 제가 되는 거죠."

검정 구두는 카메라 앞에서 당당히 말했다.

"자! 여러분, 보십시오."

검정 구두는 오달고에게 다가가며 다정한 목소리로 말했다.

"달고야, 오달고."

꾸벅거리며 졸고 있던 오달고는 귀에 익은 목소리에 눈을 번쩍 떴다.

"거……검정 구두?"

손을 내밀며 다가오는 사람은 정말로 검정 구두였다. 오달고는 벌떡 일어나서 꼬리를 빠르게 흔들어 댔다.

"오달고, 내가 네 주인이잖아. 널 얼마나 찾았는지 아니?"

검정 구두가 손바닥을 마주치더니 양팔을 벌렸다.

"거봐! 날 버린 게 아니라고 했지? 날 찾고 있을 줄 알았다고."

오달고는 호박씨를 쳐다보며 발을 동동 굴렀다. 검정 구두는 오달고 앞으로 조금 더 다가갔다.

"컹컹!"

독구가 검정 구두 앞을 막아서며 짖어 대었다.

"안 돼. 내 가족이란 말이야."

오달고는 돌에서 내려와 검정 구두에게 뛰어가 안겼다. 너무 기쁘고 좋아서 꼬리를 살랑거리고, 혀를 내밀어 검정 구두의 얼굴을 핥아 댔다. 그것만으로 반가움을 표현하기는 부족했다. 오달고는 검정 구두의 새 양복에다가 찌익 오줌을 싸 버렸다.

"에잇, 내 양복!"

검정 구두는 오달고를 흙바닥에 홱 내팽개쳐 버리고 양복에 묻은 오줌을 털어 내기 바빴다.

"깨갱."

오달고의 얼굴은 흙 속에 처박혀 버렸다. 검정 구두는 뒤늦게 자기가 실수한 걸 눈치채고, 서둘러 오달고를 안으려 했다. 오달고는 놀라서 뒤로 주춤거렸다. 오줌을 쌀 때마다 무섭게 맞았던 기억이 떠오른 것이다.

"달고야, 미안해. 손이 미끄러진 거야."

검정 구두가 다가올 때마다 오달고는 도망치듯 물러났다. 검정 구두는 오달고의 목에 매어진 긴 철사 줄을 보았다.

"이리 오라고!"

검정 구두가 철사 줄을 잡아당겼다. 목을 뒤로 빼고 버티던 오달고가 질질 끌려갔다. 철사 줄이 점점 목으로 파고들어 거친 숨을 토했다.

"이봐, 당신 뭐 하는 거야?"

"진짜 주인 맞아?"

사람들이 검정 구두를 향해 비난을 쏟아 냈다. 검정 구두는 철사 줄을 꽉 쥐고, 주머니에서 사진을 꺼내 보이며 사람들에게 고래고래 소리를 쳤다.

"보라고! 이 개는 내 거라니깐. 내가 주인인데 당신들이 뭔 상관이야. 이제 운석도 내 거라고!"

이리저리 사진을 흔들어 대는 바람에 몇 장이 바닥으로 떨어져 내렸다. 오달고는 올가미 줄에 매달려 끌려갔다. 독구가 호박씨를 쳐다보며 발을 들썩였다. 금방이라도 달려들 기세였다. 호박씨는 기다리라는 듯 고개를 저었다.

"어떡할까?"

호박씨가 오달고에게 물었다.

"쪼……쫓아 줘!"

그 말을 기다렸다는 듯이 호박씨가 바로 달려들어 검정 구두의 엉덩이를 꽉 깨물었다.

"아악!"

검정 구두가 깜짝 놀라며 펄쩍 뛰어올랐다.

"엄살 부리지마. 난 이빨도 별로 없다고."

호박씨가 말했다.

이번엔 독구가 달려들어 뾰족한 이빨을 드러내었다. 검정 구두는 뒤로 벌러덩 넘어져 엉덩이를 질질 끌며 도망쳐야 했다. 구경을 하던 사람들은 박수를 치며 좋아했다.

"오달고, 네가 그렇게 보고 싶어 하던 사람 아냐?"

호박씨가 다시 물었다.

오달고는 아무 대답 없이 고개를 떨어뜨리고 다시 돌 위로 올라갔다. 사진 한 장이 바람에 날려 돌 아래로 굴러왔다. 사진 속의 검정 구두와 오달고는 행복한 표정으로 웃고 있었다. 오달고는 고개를 돌려 다리 사이에 얼굴을 묻고는 눈을 감았다. 몸이 자꾸만 떨려 왔다. 슬픈 감정은 검은 돌을 타고 오줌으로 줄줄 흘러내렸다.

해가 기울자 개들은 점점 더 지쳐 갔다. 하루 종일 아무것도 먹지 못하고 한자리를 지키는 일은 너무나 힘들었다. 몇몇 사람들이 이제 그만 개들을 잡아서 안정시킨 다음 주인을 찾아 주자는 의견을 냈다.

"여긴 어디야?"

그때, 잠들어 있던 캔그레이트맥스장군이가 벌떡 일어났다. 머리가 조금 아프고 멍했지만 견딜 만했다. 캔그레이트맥스장군이를 당황하게 만든 건 수많은 사람들과 밝은 조명이었다. 낯선 풍경에 몸이 움츠러들었다. 호박씨는 또 일일이 설명해 줘야 한다는 생각에 고개가 저절로 떨어져 내렸다.

"내 말 잘 들어! 네가 누구고, 여기가 어디냐면……."

캔그레이트맥스장군이는 눈앞에 있는 작고 까만 개를 자세히 바라봤다. 까만 개의 눈 위에 있는 연한 갈색 점이 씰룩거렸다. 그걸 보니 머릿속에 뭔가 떠올랐다.

"호박……씨?"

캔그레이트맥스장군이가 호박씨를 보며 말했다.

"어! 나를 기억해? 기억이 나는 거야?"

호박씨가 갈색 점을 꿈틀거리며 물었다.

그때였다.

"캔!"

누군가 사람들 틈을 비집고 앞으로 나왔다. 뒤돌아 서 있던 캔그레이트맥스장군이의 귀가 움찔거렸다. 분명 언젠가 들었던 목소리였다. 그립고도 아련한 기억이 떠올랐다. 뚜렷하진 않았지만 조금씩 선명해졌다.

"캔! 엄마야. 엄마 목소리 기억 안 나니?"

누군가 밝은 조명 앞으로 나오며 말했다. 사람들의 시선이 모두 그쪽으로 쏠렸다. 통통한 몸매에 편안한 옷을 입은 아줌마가 앞으로 나섰다. 아줌마는 한 손에 물을 담은 파란색 물동이를 들고 개들에게로 다가갔다.

"우주복 아줌마잖아!"

호박씨가 소리쳤다.

아줌마가 들고 있던 물동이를 개들 앞에 내밀었다.

"캔!"

캔그레이트맥스장군이가 뒤돌아서서 우주복 아줌마를 쳐다보았다. '캔!' 하고 부르는 목소리가 잊고 있던 기억을 불러내었다. '캔'은 자기의 첫 번째 이름이었다. 사랑하던 사람이 불러 주던 잊을 수 없는 이름. 그 후에 '그레이트'와 '맥스'로 불리기도 했지만, 처음 이름을 불러 주었던 사람은 누구보다 또렷이 기억났다.

"캔, 엄마가 미안해. 두 번이나 더 버림받았다는 건 나중에 알았어.”

우주복 아줌마가 조금 더 다가왔다. 캔그레이트맥스장군이는 뒤로 주춤 물러났다.

“캔! 어서 가자. 집에서 할머니가 널 기다리신단 말이야.”

캔그레이트맥스장군이는 멍하니 아줌마의 얼굴만 바라보았다. 아줌마가 조심스럽게 손을 내밀어 머리를 만지려 했다. 움찔하던 몸이 가만히 아줌마의 손길을 받아들였다. 따뜻한 손길이 부드럽게 머리를 쓰다듬어 주었다. 캔그레이트맥스장군이의 기억이 되살아나고 있었다. 여기저기서 웅성거리는 소리가 쏟아져 나왔다.

“맞습니다. 저 개들은 제가 담당하는 지역에 사시는 할머니의 가족들입니다.”

시끄럽게 떠들며 나타난 사람은 한숨이였다.

“여기, 그 할머니를 모시고 왔습니다.”

정말이었다. 한숨이 뒤쪽에 있던 할머니가 조명 앞으로 걸어 나왔다.

“으어어어.”

할머니가 두 손을 벌리며 개들을 불렀다. 호박씨가 끄응 컹, 울먹이는 소리와 함께 꼬리를 세차게 흔들면서 제자리를 빙글빙글 돌았다. 그러곤 재빨리 달려가 할머니 품 안으로 껑충 뛰어들었다.

한참을 할머니에게 얼굴을 비벼 대며 울부짖었다. 주변에서 박수 소리와 함께 카메라 플래시가 터졌다.

개들이 요란하게 반가움을 표현하는 가운데, 독구는 조금 거리를 두고 앉아서 머뭇거리고 있었다.

"어어."

할머니가 그런 독구를 향해 손을 내밀었다. 독구는 한 발 한 발 다가가 손에 머리를 쓰윽 비벼 대고는 다시 뒤로 물러나 앉았다.

"우리랑 같이 가자."

호박씨가 독구에게 말했다. 독구는 가만히 할머니와 개들을 보더니 머리를 흔들었다. 할머니가 고개를 끄덕이자 독구는 컹! 짧은 인사를 남기고 이내 고구마 줄기를 뛰어넘어 숲속으로 사라져 버렸다. 들개들이 독구의 뒤를 줄줄이 따라갔다.

"고맙다."

호박씨가 짖어 대었다. 독구가 숲속으로 사라지고 나서야 호박씨는 오달고가 눈에 들어왔다. 돌 위에 꼼짝 않고 앉아 한곳만 바라보고 있었다. 사람들 틈에 검정 구두가 보였다.

"어어어."

오달고는 손을 내민 할머니를 향해 꼬리를 흔들었지만, 이내 검정 구두를 다시 쳐다보았다. 할머니와 검정 구두를 번갈아 보던 오달고가 돌 위에서 천천히 내려와 걷기 시작했다. 그러고는 손을 벌린 할머니 품을 지나쳐 뒤돌아 앉은 검정 구두의 다리 사이로 얼굴을 들이밀었다. 검정 구두가 활짝 웃으며 오달고의 목에 걸린 올가미를 풀어 주고 품에 꼭 안았다.

그렇게 요란한 소동이 끝이 났다. 사람들이 모두 흩어지고 조명도 꺼지자 숲은 금방 어둠에 휩싸였다.

"할머니, 바보예요? 어르신한테 정말 죄송하지만, 진짜 바보 맞죠? 아휴!"

한숨이가 한숨을 길게 내쉬며 운전을 했다. 한숨이의 차 안에는 할머니와 우주복 아줌마, 그리고 호박씨와 캔그레이트맥스장군이가 타고 있었다. 오달고는 검정 구두와 함께 집으로 돌아가 버렸다. 운석까지 가지고.

"아니, 그 귀한 운석을…… 왜 그 녀석에게 주냐고요."

"나중에 똑같이 보답해 준다잖아요."

우주복 아줌마가 할머니와 눈을 맞추며 말했다.

할머니가 고개를 끄덕이며 웃음을 보였다.

"아니, 나중에 준다는 걸 어떻게 믿어요? 개도 가져다 버리는 인간인데. 그런 사람을 어떻게 믿냐고요? 내가 전화번호를 받아 놓지 않았음 어쩔 뻔……."

한숨이는 자기 가슴을 주먹으로 두드리며 얼굴이 빨개지도록 혼자 떠들어 대었다.

호박씨는 처음으로 한숨이가 맘에 들었다. 그렇게 고생해서 구한 운석을 검정 구두에게 빼앗긴 것만 같아 속에서 불이 나던 참이었다. 검정 구두는 오달고를 데리고 가니까 운석도 가져가야겠다며 소리쳤다. 결국 할머니는 운석을 검정 구두 손에 들려줬다. 검정 구두는 운석과 오달고를 안고 도망치듯 산에서 내려갔다. 얼굴에 가득했던 기분 나쁜 웃음이 쉽게 잊히지 않았다.

"그래도 그 개가 가족을 찾아서 잘되었어요."

우주복 아줌마가 빨갛게 부어오른 얼굴을 긁으며 웃었다. 할머니도 계속 머리를 끄덕여 대었다. 무릎 위로 올라온 호박씨를 할머니가 포근하게 안아 주었다.

"할머니, 그냥 돌이잖아. 그런데 사람들이 왜 이렇게 난리야?"

"세상에 몇 개 없는 아주 귀한 거니까."

"할머니, 나는 세상에 딱 하나뿐인데……, 왜 버림받았을까?"

"……."

"할머니 만나려고 그랬나?"

오달고

검정 구두는 오달고와 운석을 꼭 끌어안고 집으로 돌아왔다. 오달고는 현관문을 들어서자마자 그리웠던 집의 냄새를 한껏 들이마셨다. 집은 기억 속 냄새 그대로 변한 게 없었다. 오달고는 자기 집이 있던 베란다로 달려갔다. 그곳에는 아무것도 남아 있지 않았다. 깨끗이 청소까지 되어 있었다. 오달고는 어리둥절한 표정으로 검정 구두를 올려다보았다.

"그까짓 집, 백 채는 더 사 줄 테니 걱정 마."

검정 구두는 운석을 수건으로 감싸더니 작은 가방 속에 넣고, 그 가방을 다시 여행 가방에 넣었다. 그러고는 오달고를 쳐다보며 환하게 웃어 주었다. 오달고도 꼬리를 흔들어 대며 제자리를 빙그르 돌았다.

검정 구두는 이곳저곳으로 전화를 걸었다. 방 한쪽 구석에 쪼그려 있던 오달고는 점점 목도 타고 배도 고파 왔다. 밥그릇도 물그릇도 모두 사라지고 없었다. 끙 끄응 아쉬운 소리를 내어 보았지만, 검정 구두는 뭐가 좋은지 침대에서 펄쩍펄쩍 뛰어오르며 웃고만 있었다.

오달고는 베란다로 가서 구석에 자리 잡고 몸을 동그랗게 말았다. 타일 바닥은 차가웠다. 전봇대 밑에서 밤새웠던 순간들이 다시 떠올랐다. 검정 구두와 함께 있지만 혼자 있던 그날처럼 두려웠다. 떨리는 몸을 진정시키려고 오달고는 다리 사이에 주둥이를 밀어 넣었다.

다음 날, 검정 구두는 운석을 넣은 가방을 들고 집을 나갔다. 참치 통조림에 말아 준 밥을 먹고 오달고는 방바닥에 누웠다. 할머니 집 마당에 있던 우리가 떠올랐다. 그곳보다 훨씬 크고 깨끗한 곳에 누워 있으면서도 마음이 편하지는 않았다.

금방 올 거라던 검정 구두는 한밤이 되어서야 돌아왔다. 들고 온 커다란 박스 안에는 집, 방석, 사료, 그릇 등이 한가득 들어 있었다. 오달고는 먼저 검정 구두의 품으로 달려들었다. 찍찍, 오줌들이 신발과 바닥에 떨어져 내렸다. 아차! 싶었다.

"그……그래. 뭐 그럴 수도 있지. 오줌 좀 싼다고 뭐 어떻게 되겠냐?"

호탕한 웃음을 지으며 검정 구두가 오달고를 안아 주었다.

"있잖아. 운석이 얼마나 비싼 건지 알아보려고 연구소에 맡겼거든. 다음 주면 우리의 미래가 어떻게 바뀌는지 알게 되는 거야. 고맙다, 오달고. 내 사랑 오달고."

검정 구두가 오달고를 안고 제자리를 돌았다. 이렇게 기분 좋아 보이는 것은 처음이었다. 까앙 깡! 오달고도 목청껏 짖었다.

일주일은 금방 지나갔다. 반짝이는 구두를 신고 양복을 차려입은 검정 구두는 현관문을 나서며 오달고에게 함박웃음을 지었다.

저녁이 되자 검정 구두가 집으로 돌아왔다. 현관문을 들어서는 검정 구두의 얼굴에 아무 표정이 없었다. 뛰어오르는 오달고를 그냥 지나쳐 안방으로 들어갔다. 꼭 넋이 나간 사람 같았다. 한동안 안방에서는 아무런 소리도 나지 않았다. 오달고는 검정 구두가 걱정되어 문을 긁어 대며 낑낑거렸다.

쿵! 갑자기 문이 열리며 운석이 바닥으로 굴러떨어졌다.

"쓸데없는 돌덩어리 가지고 꺼져 버려!"

오달고는 놀라서 베란다로 도망쳤다. 검정 구두는 빨개진 얼굴로 그곳까지 따라와서 오달고를 안아 들었다. 그리고 그대로 현관을 나서서 차에 올라탔다.

자동차는 한참을 달린 뒤에 멈춰 섰다. 검정 구두는 차 문을 열고 오달고를 두 손으로 들어 올렸다. 오달고를 안고 우거진 억새풀 뒤편 소나무 숲으로 들어갔다. 오달고는 깜짝 놀랐다. 낯익은 장소였다.

"여기 어딘지 알지? 두 번째면 무슨 뜻인지도 잘 알겠지."

검정 구두는 오달고를 나무 위에 올렸다. 나뭇가지 사이의 공간은 너무 좁아서 가까스로 설 수 있었다. 오달고는 다리를 부들부들 떨면서 검정 구두를 쳐다보았다. 검정 구두는 차가운 눈빛마저 야멸차게 돌려 버렸다.

검정 구두는 서두르지 않았다. 천천히 뒤돌아서서 멀어졌다. 한 번도 되돌아보지 않고 숲을 빠져나갔다.

"컹 컹 컹!"

오달고가 발을 동동거리며 힘차게 짖어 대었다. 검정 구두가 잠시 걸음을 멈추고 뒤돌아보았다. 눈이 마주쳤다. 오달고는 나무 아래를 내려다보았다. 일 미터가 훨씬 넘는 높이였다. 머뭇거릴 새도 없이 훌쩍 뛰어내렸다. 바닥에 뒹굴며 다리가 꺾였지만 벌떡 일어나 뛰었다. 검정 구두는 자기에게 달려오는 오달고를 보고는 놀라서 도망쳤다.

"컹컹!"

오달고는 검정 구두를 향해 달려갔다.

"저리 가!"

검정 구두는 차가 있는 곳으로 뛰며 소리쳤다. 연거푸 뒤돌아보던 검정 구두가 자기 다리에 걸려 넘어지고 말았다.

"오지 마, 저리 가라고."

오달고는 검정 구두 바로 앞까지 달려가 폴짝 뛰었다. 턱! 휘젓는 팔 사이로 날아 검정 구두의 머리를 밟고 다시 힘껏 뛰어올랐다.

휘이잉! 오달고는 검정 구두를 뛰어넘어 훌쩍 날아올랐다. 바람을 타고 새처럼 날아 저 멀리 내려앉았다. 오달고는 그대로 멈추지 않고, 뒤돌아보지도 않고, 내달렸다. 검정 구두는 얼음처럼 굳어서 멀어지는 개의 모습을 멍하니 쳐다만 보았다.

검정 구두에게서 멀어질수록 오달고의 몸은 더 가벼워지는 것 같았다. 오달고는 그대로 도로 위에 올라서 더욱 빠르게 달려갔다. 다닥다닥, 아스팔트를 밟는 발자국 소리가 경쾌하게 울렸다.

오달고는 달려가며 할머니 생각을 했다. 안아 주던 기억만으로도 온몸이 따뜻해졌다. 찾아가야 할 곳이 있었다. 조금 늦어도 기다려 줄 것 같은 곳이었다.

'할머니!'

오달고는 코를 높이 들고 냄새를 쫓았다. 할머니 냄새를 따라갈 생각이었다. 그러나 이내 벌렁거리던 코를 힘없이 내려놓았다. 생각해 보니 할머니는 자신의 냄새를 가지고 있지 않았다. 온몸에 다른 개들의 냄새만 가득했다. 오달고는 할머니가 더 그리워졌다.

생선 냄새를 쫓았지만 도로 위에는 비슷한 냄새가 너무 많아서 없는 것이나 마찬가지였다. 그냥 무작정 달릴 수밖에 없었다. 넓은 세상에서 할머니를 찾는 일이 쉽지 않으리라는 걸 알지만, 제자리에 멈춰 기다리고 싶지 않았다. 오달고는 달리다 걷고, 다시 달리다 걸었다.

한참 동안 도로를 따라가다 보니 점점 지나는 차들이 늘어나고 사람들도 많아졌다. 건물들도 높아졌다. 오달고는 가게가 늘어선 인도를 따라 걸었다. 가끔 아이들이 쫓아오고 어른들이 위협했지만, 계속 한길만 따라 움직였다.

배가 고픈 건 참을 수 있었지만, 타오르는 갈증에 쓰러질 것 같았다. 물 한 모금도 쉽게 얻을 수 없었다. 운 좋게 종이컵에 남아 있던 물을 찾았다. 급하게 핥아 대었지만 이내 뱉고 말았다. 알싸한 알코올 냄새가 입안에 오래 남아 더욱 갈증이 났다. 그때 코를 찔러 대는 맛있는 냄새가 났다. 식당 앞을 지나던 오달고는 문 앞에 멈춰 섰다. 잘 익은 고기 냄새를 깊이 들이마셨다.

"저리 가 버려!"

아줌마의 날카로운 목소리가 들렸다. 뒤이어 쏟아지는 물을 고스란히 뒤집어쓰고서야 도망치듯 그 자리를 떠났다. 오달고는 건물 사이 좁은 곳으로 들어가 누웠다. 털 이곳저곳에 음식 찌꺼기가 묻어 있었다. 설거지한 물을 들이부은 모양이었다. 오달고는 털에 묻은 물을 혓바닥으로 핥았다. 갈증이 조금 풀리자 피곤함이 한꺼번에 몰려들었다.

자다 깨면 다시 걷고 또 바람을 피해 몸을 뉘었다. 일주일이나 이 주일, 아니 한 달이 지났는지도 모른다. 시간이 얼마나 흘렀는지 기억나지 않았다. 오달고의 몸은 몰라보게 말라 갔고, 그만큼 기운도 빠져나갔다.

오달고는 잠을 잘 때 빼고는 계속 걸었다. 할머니에게 다가가는 길인지 어쩐지는 전혀 알 수 없었지만, 걸음을 멈추지 않았다. 기다려 주는 가족이 있다는 믿음이 무거운 발걸음을 뗄 수 있는 힘이었다. 아파트들이 보이는 논길이란 논길은 다 헤매고 다녔다. 그렇게 작은 도시 몇 군데를 거쳐 제법 높다란 건물들이 있는 큰 도시에 도착했다.

오달고는 도시 사람들을 피해 골목으로 들어섰다. 차가운 바람이 골목을 휘돌아 불었다. 지나던 사람이 갑자기 오달고에게 발길질을 해서 숨이 넘어가도록 달려야 했다. 한참을 달리다 멈춰 선 곳에서 음식 냄새가 코를 찔러 왔다. 킁킁, 오달고는 대문 앞에 놓인 그릇에서 남겨진 짜장면을 찾아내었다. 얼른 코를 박고 혀를 내밀었다.

"컹컹! 여긴 내 영역이야!"

뒤돌아보니 긴 털이 엉켜 붙은 개가 뛰어오고 있었다. 색깔을 구별하기도 어려울 정도로 털이 얼룩져 있었다. 오달고는 물러서지 않았다.

"커허엉 컹!"

무섭게 달려들어 개를 쫓아내었다. 떠돌이 개 생활에 조금씩 적응해 가고 있었다. 이렇게 자유롭게 살아가도 괜찮지 않을까 하는 생각이 들었다. 오달고는 천천히 짜장면을 다 핥아 먹고 골목을 빠져나왔다. 멀리서 개가 짖어 대었지만 듣는 둥 마는 둥 하며 좁은 길을 달려 확 트인 곳으로 나왔다.

높은 아파트가 보였다. 아파트 옆에 나무가 제법 울창하게 우거진 곳으로 뛰어가 풀숲 아래 몸을 숨겼다. 날이 점점 어둑해졌다. 오늘은 이곳에서 잠을 청할 생각이었다. 앞발을 포개고 그 위에 턱을 올려놓았다. 피곤한 눈이 저절로 감겨 왔다.

"생선이 왔습니다."

잠결에 들려온 소리를 듣고 오달고는 힘겹게 눈을 떴다.

"파다닥 생선이 왔습니다. 파닥파닥 신선한 생선이 왔어요."

언젠가 들어 본 목소리에 정신이 번쩍 들었다. 오달고는 벌떡 일어났다.

"턱수염?"

오달고는 얼른 풀숲을 뛰쳐나왔다. 어둠이 내리고 있는 아파트 단지에 생선 냄새가 기다란 줄처럼 연결되어 있었다. 오달고는 냄새 줄을 좇아 재빨리 달렸다. 도로 끝에 아파트 단지를 빠져나가는 트럭 한 대가 보였다. 트럭은 입구를 벗어나 큰 도로로 방향을 틀었다. 오달고는 트럭을 좇아 내달렸다. 큰 도로로 나오자 트럭은 벌써 속도를 높이며 멀어지고 있었다.

"끼익 끽."

오달고가 도로로 뛰어들자 차들이 급하게 멈춰 섰다. 오달고는 달리는 차들 옆으로 함께 달렸다. 지금 트럭을 놓치면 영원히 찾을 수 없을 것 같았다. 다행히 속도를 높이던 트럭이 신호에 걸려 멈춰 섰다.

그 틈에 오달고는 트럭 옆에 달라붙었다. 트럭에서 생선 냄새가 쏟아졌다. 오달고는 왕왕 짖으며 차 주위를 펄쩍펄쩍 뛰었다. 운전석의 생선 장수는 오달고를 보지 못했다. 그새 신호가 바뀌었다. 트럭이 울컥하며 몸을 흔들더니 앞으로 튀어 나갔다. 오달고는 펄쩍 뛰어 차 앞으로 몸을 던졌다.

"끼익!"

트럭이 멈춰 서고, 생선 장수가 차에서 내렸다.

"야, 이놈아. 차로 뛰어들면 어떡해!"

뒤에 서 있던 차들이 빵빵거리며 재촉했지만, 얼굴에 털이 덥수룩한 사람은 느긋했다. 차의 헤드라이트를 등에 진 턱수염의 얼굴은 어두워 잘 보이지 않았다. 하지만 오달고는 그때 그 생선 장수란 걸 알 수 있었다. 오달고는 꼬리를 마구 흔들며 턱수염에게 달려들었다. 턱수염은 오달고의 머리를 쓰다듬어 주었다.

"너, 나 알아?"

턱수염은 오달고를 번쩍 안아 들었다. 너무나 기쁜 나머지 오달고가 턱수염의 옷에 찌직, 오줌을 지리고 말았다.

"에이, 이 녀석아! 옷에다가……."

턱수염은 말을 하다 말고 고개를 갸우뚱하며 오달고를 다시 쳐다보았다.

"너 혹시……, 에이 그럴 리가. 그 녀석이라면 할매가 잘 보살펴

주고 있겠지. 그러고 보니 할매 본 지도 꽤 오래되었네. 잘 계시려나?"

할머니 얘기를 듣자 오달고는 혀를 내밀어 턱수염의 얼굴을 핥았다. 꼬리는 하늘을 날아오를 것처럼 뱅글뱅글 흔들어 대었다.

생선 트럭은 새것으로 바뀌어 있었다. 넓고 깨끗해진 보조석에 목줄은 보이지 않았다. 트럭은 한참을 달려 다시 논길 옆을 올랐다. 오달고는 어두컴컴한 산길이 반갑고 기뻤다. 끼익! 갑자기 차가 멈춰 섰다.

"와아, 첫눈이다! 엄청나게 큰 눈송인데."

생선 장수는 차창 밖으로 손을 내밀어 눈송이를 받았다. 툭! 툭! 앞 유리창으로도 커다란 눈송이가 떨어져 내렸다. 어두운 하늘에서 눈송이가 둥실둥실 모습을 드러내었다.

트럭이 눈송이를 헤치며 좁은 마당으로 들어섰다. 할머니 집은 그대로 거기 있었다. 하지만 대문을 밝혀 주던 전등 빛이 사라지고 없었다. 집 안도 적막 속에 잠겨 있었다. 수많은 개들이 짖어 대던 소리도 들리지 않았다. 턱수염은 오달고를 안고 활짝 열린 대문 안으로 들어섰다. 마당에는 빈 우리만 남아 있었다.

"집을 비워야 한다더니……, 다들 잘 있는지 모르겠다."

턱수염은 멍하니 서서 혼자 중얼거렸다. 오달고는 턱수염의 품에서 버둥거려 뛰어내렸다. 마당을 달려 집 안으로 들어갔지만, 호박씨도 캔그레이트맥스장군이도 보이지 않았다. 텅 빈 우리에는 쓸쓸히 눈송이가 쌓여 가고 있었다.

"언제나 기다려 준다더니……. 컹컹컹!"

오달고는 하늘을 향해 긴 울음을 울었다. 지금까지 버틸 수 있었던 힘이 한순간에 몸에서 빠져나갔다. 오달고는 그 자리에 털썩 주저앉았다.

"눈 쌓이기 전에 어서 가자."

턱수염이 재촉했지만, 오달고는 움직일 힘이 하나도 남아 있지 않았다. 숨을 깊이 들이마셨다가 길게 내쉬었다. 그때 코끝에 달콤한 냄새가 달라붙었다. 오달고는 코를 내밀고 땅을 기어가듯이 냄새가 나는 곳으로 움직였다. 노란 밥 알갱이들이 양은그릇에 수북이 담겨 있었다. 오달고가 지냈던 우리였다. 오달고는 알갱이 위에 쌓인 눈을 헤치고 코를 박아 냄새를 맡았다. 아주 신선한 냄새였다. 할머니가 금방 다녀간 흔적이었다. 오달고는 분명 할머니가 자기를 위해 먹이를 남겨 두고 있었을 거라 생각했다.

"빨리 가자!"

턱수염이 달려와 오달고를 번쩍 안아 들었다. 오달고는 여기를 떠나면 안 될 것 같아서 몸을 비틀어 대었다. 버둥거리는 오달고

앞에 턱수염이 뭔가를 내밀었다.

"할매가 대문에 이걸 붙여 놓았구나!"

턱수염은 자동차 불빛에 종이를 비추었다. 종이에는 할머니가 이사한 곳의 약도가 그려져 있었다.

"여기에서 그리 멀지 않은 곳이야. 얼른 가자."

생선 트럭은 살짝 쌓인 눈 위를 스윽 미끄러지며 서둘러 달려갔다.

진짜 별

한 달 전이었다. 오달고가 운석을 가지고 검정 구두와 집으로 돌아가고 이 주일 정도 지난 뒤였다. 할머니 집으로 한숨이가 찾아왔다.

"할머니, 저 왔어요."

한숨이는 손에 개 목줄을 잡고 있었다. 목줄을 맨 개닭이가 꼬리를 흔들며 컹컹 짖어 대었다. 한숨이가 보호소에 끌려갔던 개닭이를 데려온 것이다. 호박씨가 달려 나와 개닭이 주위를 뱅뱅 돌았다.

"다 투견꾼이 한 짓이었나 봐요. 진짜 범인이 잡혀서 개닭이도 풀려 나왔어요."

할머니도 들고 있던 빗자루를 던져 버리고, 달려와서 개닭이를 꼭 안았다. 개닭이는 끙끙거리며 할머니 얼굴을 핥아 대었다.

"제가 이 녀석 데려오려고 이 사람 저 사람 찾아다니며 고생이란 고생은 다……."

호박씨는 꼬리를 흔들며 천천히 한숨이에게 다가갔다. 한숨이가 조심스럽게 손을 내밀자 호박씨가 스윽 핥아 주었다. 한숨이는 손을 바지에 닦아 가면서 멋쩍은 웃음을 지었다.

"참! 할머니, 안타까운 소식도 있어요."

할머니가 눈을 깜박이며 한숨이를 쳐다보았다.

"그 운석이 진짜가 아니었어요. 그냥 돌이었다니……. 어쩜 모두 함께 살 수 있는 곳을 얻을 수도 있었을 텐데요."

할머니가 한숨이를 보며 개가 짖는 모양을 흉내 내었다.

"아, 그 개요? 저도 궁금해서 전화를 해 보았는데, 통화가 안 돼요. 그 사람 또 개를 버린 건 아닌지 모르겠어요."

할머니는 아닐 거라며 손을 저었지만, 내심 걱정이 되는 표정이었다.

"근데 저 화장실 좀……. 운전하고 오느라."

한숨이는 다리를 오므리고 몸을 비비 꼬았다. 할머니가 집 뒤편을 가리켰다. 한숨이는 종종걸음으로 달려갔다.

할머니 집 화장실은 정말 오래된 옛날식 화장실이었다. 한숨이는 도저히 볼일을 볼 수 없어서 코를 막고 뒤돌아 나왔다. 주위를 두리번거리다가 구석진 곳의 담벼락을 찾아내었다. 한숨이는 그곳으로 부리나케 달려갔다. 빈 닭장 옆에 몸을 숨기고 벽 쪽으로 바짝 달라붙었다. 담을 타고 오줌이 졸졸졸 흘러내리자 한숨이의 얼굴은 금방 편안해졌다. 한숨이는 이제 살았다는 표정으로 주위를 살펴보다가 고개를 갸웃거렸다.

"어어! 저……저거?"

한숨이는 서둘러 오줌을 끊고 몸을 흔들어 대었다. 그러고는 고개를 빼고 빈 닭장 안을 보았다. 개닭이가 항상 쪼그려 앉아 있던 돌무더기를 자세히 살폈다. 둥그스름한 돌들이 알처럼 모여 있는 곳에 검붉은 색의 돌 하나가 보였다. 까맣게 그을린 표면 사이로 군데군데 보석처럼 반짝이는 노란빛이 드러났다. 한숨이는 그 돌을 집으려고 조심스럽게 닭장 안으로 손을 넣었다.

"왕 왕 왕!"

순식간에 달려온 개닭이가 돌무더기 위에 쪼그려 앉았다. 할머니가 쫓아와서 한숨이를 내려다보았다.

"할머니, 저기…… 돌……, 혹시?"

한숨이가 개닭이 몸 아래 깔린 돌을 가리키며 손을 덜덜 떨었다.

"우……운석? 에이, 아니겠죠. 그럴 리가 없을 거예요. 그럼요. 운석이 우주를 날아와서 닭장 안으로 쏙 들어와 착륙했을…….”

한숨이가 혼자 중얼중얼 떠들어 대었다. 달려온 호박씨가 코를 벌렁거리며 냄새를 맡았다. 들개들이 알려 주었던 독특한 냄새가 풍겨 났다. 돌무더기 속에 거뭇한 그을음이 벗겨져 신비한 노란빛을 뿜어 내는 돌 하나가 보였다.

재회

그새 제법 눈이 쌓였다. 생선 트럭이 눈길을 뚫고 달려와 멈춰 선 곳은 넓은 공터 앞이었다. 나무가 울타리처럼 막고 서 있는 곳 한쪽에 조그만 대문이 보였다. 대문에 삿갓 모양의 모자를 눌러쓴 전구가 밝게 빛나고 있었다.

"할매, 문 좀 엽시다."

턱수염이 대문을 두드렸지만, 아무 대답도 없었다. 개들이 짖어대는 소리도 들리지 않았다.

"잘못 찾아왔나?"

턱수염이 약도를 살펴볼 때였다. 대문이 스르륵 열리며 할머니가 얼굴을 내밀었다. 그 뒤로 호박씨가 뛰어나왔다. 오달고는 몸을 비틀어 턱수염의 품에서 뛰어내렸다.

"오오!"

할머니는 한 번에 오달고를 알아보았다. 할머니가 바닥에 앉아 팔을 벌리자 오달고가 껑충껑충 품속으로 뛰어들었다. 아무리 비집고 안겨도 그리움이 채워질 것 같지 않았다. 오달고는 할머니의 따뜻한 품으로 자꾸 더 기어 들어가려고 발버둥쳤다.

그러다 갑자기 어느 순간, 세상이 고요해졌다. 세상에는 할머니와 오달고 둘만 남아 있는 것 같았다. 어디선가 차분한 목소리가 들려왔다.

"오달고, 고맙다. 돌아와 줘서."

"할머니? 할머니 내 이름은 어떻게 알았어?"

"호박씨에게 들었지."

"할머니, 말도 참 잘하네."

"그럼. 그동안 네가 내 말에 귀를 안 기울여서 못 들은 거야."

"할머니, 나 버려졌던 곳에 다시 가 봐야 할 것 같아."

"왜? 널 버린 사람이 다시 왔을까 봐?"

"아니, 그건 아닌데……. 꼭 다시 가져와야 할 게 있어."

"거기에 뭘 두고 왔는데?"

"오달고, 너 돌아왔구나!"

호박씨의 목소리에 세상은 다시 시끄러워졌다. 호박씨는 할머니와 오달고 주위를 돌며 짖어 대었다.

"오달고가 웬일로 오줌도 안 싸네?"

"이젠 나도 할머니랑 말이 통하거든."

오달고 말에 호박씨는 살짝 미소 지으며 고개를 끄덕였다.

턱수염은 눈이 더 쌓이기 전에 가야 한다며 서둘러 떠났다. 펑펑 쏟아지는 눈송이에 묻혀 트럭이 보이지 않을 때까지 할머니는 손을 흔들고 서 있었다.

잠시 후, 할머니는 오달고를 안고 대문 안으로 들어섰다. 마당이 있는 작고 예쁜 집이었다. 하지만 마당 어디에도 개들은 보이지 않았다. 할머니는 마당에 오달고를 내려놓고 호박씨를 보며 고개를 끄덕였다. 호박씨는 알겠다는 듯 짧게 짖어 대었다.

"오달고, 너 꼬락서니가 볼만하다. 집 나가면 고생인 거 몰라?"

오달고는 '집'이란 말이 듣기 좋았다. 그대로 호박씨에게 덤벼들어 닥치는 대로 물어 대었다. 질겅거리며 아프지 않을 정도로만.

"야, 왜 이래! 진정하라고. 지금부터 우리 집을 소개해 줄게."

호박씨는 나무 울타리를 따라 뛰기 시작했다. 산을 따라 빙 둘러 쳐진 울타리는 끝이 보이지 않았다. 언덕에 올라서자 눈발 사이로 할머니의 작은 집 지붕이 보였다. 그 옆에 커다란 집이 또 하나 있었다.

"근처 산이 전부 우리 집이야. 낮에는 마음껏 뛰어다니며 놀고, 저녁에는 저 큰 집에서 잠을 자. 소 우리를 개조한 거지만 깨끗하고 좋아. 가끔 안 돌아오고 숲을 뛰어다니는 녀석들도 있어, 저렇게."

호박씨가 고개를 돌린 곳에 캔그레이트맥스장군이가 눈 위를 뒹굴고 있었다. 커다란 덩치가 껑충껑충 아이처럼 뛰어 호박씨와 오달고에게 달려들었다.

"오달고, 반갑다."

캔그레이트맥스장군이가 말했다.

"날 기억해?"

"그럼, 그리고 이제 장군이라고 불러. 잊을 건 잊고 기억할 것만 기억할 거야."

셋은 뒤엉킨 채 눈 위를 뒹굴었다.

"이게 다 어떻게 된 거야?"

오달고가 호박씨에게 물었다.

"음……, 개닭이가 황금 알을 낳았다고나 할까?"

개닭이가 매일 새벽이면 주워 오던 돌 중에 운석이 섞여 있었다. 떨어진 날 바로 주워다가 늘 품고 있어서 보존이 잘 되었고, 그래서 가치를 따질 수 없을 정도로 귀한 운석이 되었다. 개닭이는 정말 황금 알을 낳은 것이다.

할머니는 가족들 이름으로 박물관에 운석을 기증했다. 귀중한 것을 선뜻 내어 준 할머니에게 나라가 보답했다. 한숨이가 담당 공무원으로 지정되었고, 이곳에 새로운 보금자리를 마련해 주었다. 깨끗한 시설에 살며 넓은 곳을 자유롭게 뛰어다닐 수도 있게 되었다. 대장이 된 독구와 들개들도 가끔씩 모습을 드러내어 할머니는 더 좋아했다. '별을 지키는 아이들'이란 이름으로 후원하는 봉사자들이 생기기까지 했다. 그만큼 할머니의 힘든 일도 많이 줄어들었다. 하지만 할머니는 여전히 매일 가족들 밥 주는 일을 직접 했다.

지금도 운석 박물관에 가면 기증자의 이름을 확인할 수 있다.

-기증자-

박복순 여사님.

그리고 개닭이, 호박씨, 장군이, 독구와 무리들, 오달고, 점마니, 오끼, 시껌이, 깜순이, 자유, 돌이, 똥두, 통통이, 까보, 대석, 세구, 오이, 만두, 호빵, 태풍, 질풍, 장비, 관우, 둥둥이, 사탕, 왕왕이, 삼순이, 삼식이, 보리, 퐁퐁, 미구, 왕왕이, 봉이, 멍구, 똘이, 쫑, 돈마니, 돌돌이, 무로, 아줌마, 수염, 새마음, 달구, 달이, 달오, 고래, 밍밍이, 망치, 사과, 안녕, 오복이, 순둥이, 흰둥이, 껌이, 완두콩, 대포, 간장, 달래, 아리, 봉봉, 목동, 쫑이, 퉁퉁이, 깜깜, 땡땡이, 알도, 참이, 해해, 따봉, 방울, 봉달이, 재롱이, 새롬이, 보송이, 하얀이, 보리, 사랑이, 목화, 솜이, 체리, 자두, 앵두, 유리, 우리, 두리, 고추장, 뽀뽀, 방구, 장군, 둘리, 하루, 내일, 미래, 알사탕, 동구리, 동동이, 구르미, 태양, 노랑이, 은행.

별을 지키는 아이들

첫판 1쇄 펴낸날 2017년 7월 10일
7쇄 펴낸날 2021년 7월 19일

지은이 김태호
펴낸이 박창희
편집 김수진 이민주 **디자인** 권은숙
마케팅 이상민 강이서 **회계** 양여진

펴낸곳 (주)라임
출판등록 2013년 8월 8일 제 406-2013-000091호
주소 경기도 파주시 심학산로 10, 우편번호 10881
전화 031) 955-9020, 9021 **팩스** 031) 955-9022
이메일 lime@limebook.co.kr **인스타그램** @lime_pub

ISBN 979-11-85871-74-5 44810
979-11-951893-0-4 (세트)